RUBEM
FONSECA
2011 JOSÉ

JOSÉ
Rubem Fonseca

Copyright © 2011 by Rubem Fonseca

Direitos de edição da obra em língua portuguesa no Brasil adquiridos pela EDITORA NOVA FRONTEIRA PARTICIPAÇÕES S.A. Todos os direitos reservados. Nenhuma parte desta obra pode ser apropriada e estocada em sistema de banco de dados ou processo similar, em qualquer forma ou meio, seja eletrônico, de fotocópia, gravação etc., sem a permissão do detentor do copirraite.

EDITORA NOVA FRONTEIRA PARTICIPAÇÕES S.A.
Rua Nova Jerusalém, 345 – Bonsucesso
Rio de Janeiro – RJ – CEP: 21042-235
Tel.: (21) 3882-8200 – Fax: (21) 3882-8212/8313

http://www.novafronteira.com.br
e-mail: sac@novafronteira.com.br

Texto revisto pelo novo Acordo Ortográfico.

CIP-BRASIL. CATALOGAÇÃO NA FONTE
SINDICATO NACIONAL DOS EDITORES DE LIVROS, RJ

F747j

    Fonseca, Rubem, 1925-
    José / Rubem Fonseca. - Rio de Janeiro : Nova Fronteira, 2011.
    168p.

    ISBN 978-85-209-2616-1

    1. Ficção brasileira. I. Título.

CDD 869.93
CDU 821.134.3(81)-3

1

As memórias preservadas desde a infância e que carregamos durante nossa vida são talvez a nossa melhor educação, diz Alyosha Karamázov. E se apenas uma dessas boas memórias permanece em nosso coração, ela talvez venha a ser, um dia, o instrumento da nossa salvação.

Mas há quem pense o contrário do personagem de Dostoiévski, os que acreditam, como Joseph Brodsky, que "a memória trai a todos, é uma aliada do esquecimento, é uma aliada da morte".

Ao falar de sua infância José tem que recorrer à sua memória e sabe que ela o trai, pois muita coisa está sendo relembrada de maneira inexata, ou foi esquecida. Mas ele gostaria de concluir, ao fim dessas lembranças tumultuadas, que a memória pode ser uma aliada da vida. Sabe que todo relato autobiográfico é um amontoado de mentiras — o autor mente para o leitor, e mente para si mesmo. Mas aqui, se alguma coisa foi esquecida, ele se esforçou para que nada fosse inventado. José cita Proust: "a lembrança das coisas passadas não é necessariamente a lembrança das coisas como elas foram."

Ele tenta dar uma ordem cronológica às suas lembranças, mas não consegue, nem acha necessário. Lembra que até os oito anos de idade seu pai, sua mãe e dois irmãos moravam em uma confortável casa localizada numa cidade do estado de Minas Gerais, mas ele não vivia ali. Durante aqueles oito anos de sua vida viveu em Paris. Não a Paris dos bulevares de Haussmann, de Longchamp, de Napoleão III, nem a Paris festeira de

Hemingway, nem a do Beaubourg e do Quai d'Orsay, mas a Paris das vielas estreitas, do Pátio dos Milagres, de Richelieu, contada por Michel Zévaco e Ponson du Terrail. Essa parte da sua vida lhe é real, certamente ele passava mais tempo na companhia da pérfida princesa Fausta ("ela era paciente; isto é que a fazia tão forte e temível"), do intrépido cavaleiro de Pardaillan e do prodigioso Rocambole do que com a sua família. (Os Três Mosqueteiros eram uma equipe, o que os tornava menos interessantes.) As narrativas desses autores fizeram-no íntimo de reis, papas, duques, cardeais, grandes inquisidores, espadachins formidáveis, princesas e estalajadeiras lindas, áulicos sicofantas e astuciosos bobos da corte. Essas pessoas o envolviam em golpes de estado, regicídios, fratricídios, homicídios, parricídios, genocídios, conluios criminosos, intrigas palacianas, envenenamentos, defenestrações, lutas de capa e espada e cenas de amor e altruísmo. José atravessava, embuçado numa capa negra, as ruas de Paris, frequentava as estalagens, as mansardas, os salões e os boudoirs de princesas, os gabinetes de cardeais e bispos poderosos e devassos; participava de intrigas políticas, traições, paixões, duelos, assassinatos; assistia à matança de hereges queimados em fogueiras por monges sinistros em meio ao entusiasmo enfurecido do populacho; enredava-se em aventuras amorosas; participava da ascensão e queda dos poderosos; testemunhava as humilhações e os sofrimentos dos fracos e dos miseráveis; convivia, nos castelos, com reis e rainhas de França, e nos porões da Bastilha com o Conde de Monte Cristo e o Homem da Máscara de Ferro. Comia o mesmo que aqueles aventureiros, uma omelete, uma empada, um pastelão, acompanhados de um Vouvray "espumoso e crepitante". Ele vivia aquela vida, a sua verdadeira vida.

Agora ele se lembra: os livros e os fascículos de Zévaco, de Du Terrail, de Alexandre Dumas lhe eram enviados periodicamente do Rio pela sua tia Natália, que era atriz de teatro, na capital do país.

2

José vagueia em suas lembranças. Ainda que sua mãe fizesse deliciosos pratos da terra dela — seu pai e sua mãe eram portugueses —, ele se imaginava degustando a comida dos espadachins, não obstante se deliciasse com as tripas à moda do Porto, o bacalhau com batatas, o cabrito assado no forno e as alheiras e os chouriços de carne de porco temperados com alho e vinho, curados num fumeiro aceso num galpão de chão de pedras, especialmente construído para essa finalidade num terreno atrás da sua casa. O vinho tinto maduro português, que seu pai lhe dava diluído com água e açúcar, ainda que fosse quase um suco de frutas, parecia-lhe bastante pertinente ao mundo da sua imaginação. (José supunha que o Vouvray fosse um tinto maduro e surpreendeu-se ao saber que era um branco do Loire.)

Ele também gostava do que o seu pai chamava de sopa de cavalo cansado, vinho com açúcar e pão. Sua mãe não bebia vinho, quando muito um cálice pequeno de licor ou de Porto, ou então uma taça de champanhe. Não era da boa tradição as mulheres tomarem vinho, ainda mais da maneira copiosa dos homens. (Jean-François Revel conta que na Antiguidade beber vinho era proibido às mulheres e que há relatos históricos de maridos que mataram as esposas por terem ido beber vinho às escondidas na adega.)

Apesar de "viver" em Paris, José consegue relembrar episódios da sua existência familiar na cidade de Minas. Sua mãe dizia que ele aprendeu a ler sozinho aos quatro anos (provavelmente ao ver os seus irmãos mais velhos estudando), ainda que pronunciasse mal muitas palavras, pois aprendera a ler sem soletrar e as palavras para ele não tinham som, apenas significado, ou seja, como disse Saussure, não possuíam significante. A mãe acreditava que isso talvez explicasse a obsessão de José pela leitura, as noites que ele passava acordado lendo, e os dias também. A mãe não tinha conhecimento, é claro, da emocionante vida do filho em Paris, aquela que Zévaco e os outros inventavam para ele. Ela costumava arrumá-lo, vestia-o com um pimpão de veludo (era assim que chamava uma roupa inteiriça, que incluía a blusa e a calça em uma só peça) e colocava um laço de fita nos seus longos cabelos. José se olhava no espelho e saía do quarto, ia para os fundos da casa, subia no alto morro, que aliás se estendia por um longo terreno, e, chegando em uma de suas beiras, a menos alta, rolava por ela, de maneira que apenas o pimpão sofria os piores danos, na verdade ficava praticamente destruído. O laço de fita sumia. Depois de José fazer isso algumas vezes, a mãe desistiu de vesti-lo de pimpão de veludo e de colocar laço de fita na sua cabeça. Ele não se lembra de algum comentário de sua mãe, acredita que ela, sendo muito inteligente, entendeu que aquela era uma maneira de José declarar que não queria de forma alguma usar aquele vestuário.

José tem até hoje uma foto, em que a mãe e o pai estão de pé, tendo ao lado os dois filhos mais velhos, e ele está sentado num banquinho, de pimpão e laço de fita na cabeça; a mãe tem a mão colocada sobre o ombro de José, como quem diz fica quieto, não vá fugir para rolar o morro. Seu pai está meio de lado, de braços cruzados, vestido com um terno bem-talhado, um homem bonito. Sua mãe também está bonita, com um vestido de seda pregueado. Seus dois irmãos estão em pé, e o mais velho já tinha a fisionomia boa, responsável e generosa, que o faria sofrer e morrer do coração aos cinquenta anos. O irmão do meio demonstra no rosto a falta de sensatez que o faria criar problemas para toda a família.

Na verdade, a mãe de José, depois de ter tido dois filhos homens, queria uma menina, e nasceu mais um menino. Ela gostaria que ele entrasse para o seminário e se tornasse um padre. Mal sabia que José, desde muito jovem, se tornaria um ateu.

Sua mãe acreditava que se José não dormisse podia ficar doente, provavelmente tuberculoso, uma doença que a aterrorizava. Do seu quarto podia saber se a luz do quarto dele estava acesa e o mandava dormir. Assim, para poder ler, José esperava que ela e o seu pai dormissem, utilizando-se de vários truques para manter-se acordado: andava dentro do quarto de um lado para o outro; deitava-se nu no chão frio de ladrilho do banheiro, isso funcionava bem no inverno parisiense (digo, mineiro), com a vantagem de, às vezes, deixá-lo doente, e um garoto doente ficava de cama, e ninguém se incomodaria se ele permanecesse o dia inteiro fora de casa, em Paris. (Devo dizer que Paris representava, lato sensu, a França, pois as personagens de José atuavam também em outras cidades francesas. Uma vez ou outra, José ia com eles à Itália para conversar com os Bórgias e ver a Ponte dos Suspiros). É bem verdade que sua mãe o enchia de gemadas, torturava-o com ventosas e cataplasmas de mostarda fervente no peito. Mas valia a pena aquele sofrimento todo. Ele podia ler o dia inteiro e, quando afinal todos dormiam, acendia a luz e novamente pegava o livro, e a leitura o despertava totalmente, sentia uma febre pelo corpo, que o alimentava durante a noite toda e o dia seguinte.

Aprender a escrever foi ainda mais fácil, numa velha máquina Underwood que havia na casa. No princípio, José escrevia apenas para ver as palavras aparecerem no papel. Criava frases sem nexo. A primeira frase com lógica que escreveu foi decorada de um livro. Sempre que sentava à frente da máquina e não sabia o que escrever batia essa frase: "De todas as artes a mais bela é sem dúvida a arte da palavra." Na frase, as palavras eram escritas sem o acento agudo, pois o teclado americano da Underwood não fora adaptado para o português. A máquina fê-lo adquirir dois hábitos, duas propensões: ele só conseguia escrever com conforto, teclando (ou digitando) as palavras numa máquina; e essas palavras nunca eram acentuadas. No entanto, por alguma misteriosa razão, José não sentia vontade de escrever uma só palavra sobre Paris, a cidade onde ele vivia, nem mesmo sobre os fascinantes personagens que povoavam a sua mente.

3

José preferia ler em vez de jogar bola de gude, ou mexer com soldadinhos de chumbo ou qualquer outra brincadeira. Também não havia muitos outros meninos na vizinhança e de qualquer forma José não se juntaria a eles. E mesmo a companhia dos seus dois irmãos, apesar de serem muito amigos, atrapalhava as suas fabulações e descobertas. As únicas atividades lúdicas das quais ele realmente gostava eram jogar futebol, andar de velocípede e observar no porão da sua casa a vida dos escorpiões e das aranhas-caranguejeiras, tipo de entretenimento, aliás, que viria a ser descrito num dos seus livros. José não se lembra de brincar com os cães da casa, talvez porque fossem ferozes, três pastores-alemães, uma fêmea de nome Guadiana e dois machos, Tejo e Douro, nomes de rios de Portugal, pois, segundo uma tradição supersticiosa da terra dos seus pais, dar nomes de rios aos animais impediria que se tornassem hidrófobos.

Como José lia tudo que lhe aparecia na frente, em determinado momento, além dos romances franceses de capa e espada, devorou os livros de autores portugueses que havia na casa — Camões, Eça, Antero, Guerra Junqueiro, Fernão Mendes Pinto (*Peregrinação*, que lido mais tarde, já adulto, lhe deu mais prazer), Albino Forjaz de Sampaio, Feliciano de Castilho, Júlio Dantas, Gil Vicente, Camilo Castelo Branco, Júlio Diniz, uma lista extensa. E começou a ler outros autores, que a tia Natália lhe enviava, acreditando talvez, e acertando, que seriam livros cuja leitura lhe daria prazer, como Karl May, J. Fenimore Cooper, Edgar Rice Burroughs, Edgar Wallace, seu primeiro autor de mistério. (Nunca leu os livros clássicos infantis, afinal ele não era propriamente uma criança. Alguns desses livros só foram lidos quando já era adulto, por curiosidade profissional.)

Continuou gostando do que os folhetins contavam, o Curdistão bravio, as pradarias americanas, a África selvagem, os crimes na nevoenta Londres. Mas tudo mudou quando veio para o Rio, aos oito anos. O Feitiço de Alcácer Quibir esperava por ele no Rio de Janeiro.

O pai e a mãe de José, dois jovens imigrantes portugueses, haviam se conhecido no Rio de Janeiro, quando o pai trabalhava no magazine Parc Royal e a mãe em A Moda, uma elegante loja de roupas femininas. O Parc Royal fora fundado em 1875, pelo português Vasco Ortigão, filho do conhecido escritor português Ramalho

Ortigão, e tornara-se em pouco tempo o mais importante estabelecimento comercial do Rio, com inovações que cativaram os consumidores, como a exibição dos preços de todas as mercadorias e a distribuição de catálogos ilustrados. O prédio da loja, que ocupava um quarteirão inteiro da rua que um dia se chamou rua das Pedras Negras e depois receberia o nome de Ramalho Ortigão, entre a rua Sete de Setembro e o largo de São Francisco, possuía 140 janelas, 48 vitrines externas e 5 portas de acesso. Seu pai, que era muito trabalhador, como a maioria dos imigrantes, e sendo particularmente dedicado à firma, alcançou o posto de gerente, certamente com alguma participação nos lucros, o que lhe permitiu economizar o suficiente para estabelecer o seu próprio negócio.

O pai de José ouvira falar no potencial da cidade de Juiz de Fora (chamavam-na de a Manchester mineira, um grande centro industrial e econômico da Inglaterra) e, com muita ambição e esperança, usando as economias que conseguira fazer em anos de vida frugal e alguns empréstimos, abriu naquela cidade um grande magazine, que pelo desejo dele seria grandioso como o Parc Royal. A esse sonho, o pai de José deu o nome de Paris n'América. Como todos os portugueses da sua geração, era fortemente influenciado pela cultura francesa, e isso com certeza o levara a escolher aquele insólito nome afrancesado, repetindo, de certa maneira, o que fizera Vasco Ortigão. Além disso, é provável que ele conhecesse a loja Paris em Lisboa, localizada na rua Garrett, no Chiado, quase em frente ao famoso café A Brasileira, frequentado por Fernando Pessoa e outros escritores. Outra hipótese, que não exclui as anteriores, é a de que ele conhecia a loja Paris n'América de Belém do Pará. Muito jovem ainda, Alberto, vindo de Portugal, fora viver em Belém, por algum tempo.

Durante alguns anos o empreendimento do pai de José foi um grande sucesso. Moravam numa casa confortável, seu pai e sua mãe jogavam tênis, a mãe estudava bandolim e pintura e em pouco tempo estava pintando quadros a óleo; seus irmãos brincavam e José lia.

Entre as pinturas da sua mãe que não se perderam há um nu feminino (nus femininos sempre estiveram em moda junto aos amadores) que José tem até hoje, na parede de sua casa. É um quadro a óleo de uma mulher nua, recostada num sofá, contemplando, de perfil, um colar de pérolas que ela sustenta com a mão levantada em frente ao rosto. Além de pintar, sua mãe tangia com habilidade o bandolim e cantava em saraus para a família, nunca para estranhos; dirigia um Oakland conversível e fumava com uma piteira. O pai pedira que a mãe de José fumasse, achava elegante uma mulher fumando, mas a mãe detestava o cigarro e só fumava quando o marido estava por perto.

A mãe de José foi provavelmente a primeira mulher da "sociedade" que dirigiu um automóvel e fumou em Minas Gerais. A família possuía dois automóveis, um excesso numa cidade pequena, ainda mais dispondo de um motorista particular, cujo nome poderia ser de derivação patronímica ou uma alcunha sinônima de patranha, pois Mário Gamela era um grande contador de casos de autenticidade duvidosa. De compleição robusta e tez muito vermelha, era uma figura imponente em seu uniforme e boné escuros. Mário Gamela era um homem disposto, que ajudava os outros empregados (o jardineiro, a cozinheira e as duas arrumadeiras) nas épocas em que se faziam as alheiras e os chouriços no galpão especial construído nos fundos da residência.

Uma das possessões mais apreciadas da casa, mais do que os tapetes persas, os quadros, os móveis de madeira de lei, os cristais e a prataria, era uma vitrola do último tipo, onde a mãe de José escutava diariamente árias de ópera com os cantores da moda, Caruso, Tito Schipa, Tita Ruffo. José cresceu ouvindo óperas, e certas árias lhe causam, hoje, um inefável sentimento de nostalgia.

Um dia, ao ler um livro de poesias de Florbela Espanca, editado em Portugal, cheio de fotos da grande escritora, José teve uma surpresa ao constatar que Florbela e sua mãe tinham a mesma fisionomia. A semelhança era surpreendente, se ele colocasse o retrato das duas lado a lado dificilmente alguém diria quem era a sua mãe e quem era Florbela.

Duas ocasiões eram importantes no calendário de festejos da família, os dias dedicados a São João e ao Natal. Não era uma festa de São João brasileira, ninguém se vestia à caipira, dançava a quadrilha, não ocorria o casamento na roça, nem se servia o quentão, cachaça com gengibre levada ao fogo. Mas eles faziam uma grande fogueira no quintal dos fundos, em torno da qual os convidados (empregados da loja e suas famílias eram incluídos) se reuniam para cantar enquanto bebiam licores e vinhos portugueses, bagaceira, vinho do Porto, vinho Madeira. Assavam batatas na fogueira e havia ainda uma enorme mesa de comidas e doces. Eram acesos fogos de artifício que explodiam no espaço. Bastões e estrelinhas, além de outros fogos de salão, eram distribuídos entre os convidados. Por algum milagre, parece que nunca chovia nesse dia.

A outra festa era o Natal, a consoada do dia 24, com arroz de polvo, bacalhau, um leitão e um cabrito inteiros assados, alheiras, chouriços, sarrabulho, pão de ló, fios d'ovos, pastéis de Santa Clara, toucinho do céu, frutas portuguesas, cerejas, peras, maças, uvas e morangos. Um dia José perguntou à sua mãe se jaca era uma fruta gostosa e ela respondeu, desdenhosa, "nós não comemos isso". Jaca era uma fruta que crescia em qualquer quintal, no meio do mato. Era uma fruta de gente pobre, como a banana.

(Não havia, porém, desperdício de comida na casa de José. Uma parte dos alimentos preparados, e não somente o que sobrava, era distribuída para os pobres. Era comum as famílias com recursos terem o "seu pobre", que costumava receber roupas e alimentos periodicamente. A família de José "tinha" vários, que nos dias de festa faziam uma fila para receber presentes e alimentos. A comida era considerada, apesar da fartura, com reverência mística. Nada se podia deixar no prato, no qual só se colocava aquilo que realmente seria ingerido, pois jogar alimento fora era uma espécie de pecado. E se um pedaço de pão, por menor que fosse, tivesse que ser atirado no lixo, teria antes que ser beijado com contrição, um pedido de perdão pelo herético gesto de desperdício.)

Era uma vida afluente, cheia de conforto e tranquilidade. Porém, não demoraria muito para que a família ficasse na miséria.

4

Sem recursos para bancar seu ambicioso projeto comercial ("No Paris n'América você pode comprar desde um alfinete até um automóvel" era o slogan da loja), o pai de José começou a enfrentar problemas financeiros. Para evitar a vergonha da falência ou mesmo da concordata, que a maioria dos comerciantes consegue enfrentar com algum lucro, teve que fechar a loja. Todos os credores foram pagos na íntegra, um motivo de orgulho para toda a família. Mas para isso os bens tiveram que ser vendidos, as joias, os móveis, as pratas, as louças, os quadros, os tapetes, os livros, os discos, tudo, inclusive, evidentemente, a casa. Apenas foi mantido um relógio Omega de bolso, de ouro maciço, muitas vezes empenhado e sempre resgatado da caixa de penhores, um símbolo, não de evocação nostálgica dos tempos de abundância, mas de advertência dos reversos do destino. Abrindo-se a placa externa, pode-se ler em outra, interna, que fecha o mecanismo, uma gravação com os dizeres "Omega, Grand Prix, Paris, 1900".

Os pais de José (seu pai não tomava nenhuma decisão importante sem consultar a mulher) decidiram voltar para o Rio de Janeiro, talvez não se sentissem bem em continuar vivendo num lugar onde ruas e pessoas lembravam a opulência perdida e o sonho fracassado. José e seus irmãos não participaram das providências logísticas que foram tomadas para a mudança. O certo é que José cuidou de colocar seus livros favoritos numa mala grande, para carregá-los consigo. Ou seja, de qualquer maneira não pretendia deixar de viver em Paris.

Na verdade os transtornos da mudança para o Rio de Janeiro e as carências da pobreza não causaram à família e a José maiores sofrimentos. O bem mais importante para todos era a união da família, o que fora mantido. Para seus pais a única coisa realmente intolerável seria perder a dignidade. As marcas da pobreza seriam, no máximo, roupas ordinárias, isso quando as roupas boas que possuíam ficassem inutilizáveis. As maiores virtudes de ambos eram a bondade, o orgulho, a dignidade e a altivez, que não dependiam dos bens materiais, e assim eles mantiveram a cabeça erguida e o coração apaziguado, e isso não podia deixar de causar uma influência benéfica nos filhos.

Apesar de passarem necessidades, ninguém se lamentava pelo fato de morar sem qualquer conforto num sobrado destinado a depósito de mercadorias, sobre a loja onde o pai conseguira estabelecer um modesto negócio, na rua Sete de Setembro quase na esquina da rua Uruguaiana, uma parte nobre do centro da cidade. A casa era, na verdade, um pavimento comprido, sem paredes, que começava no balcão que dava para a rua; no meio, uma claraboia, por onde entrava alguma iluminação durante o dia, e terminava numa área de serviço com um pequeno banheiro, que na verdade não tinha nem banheira nem chuveiro, apenas um vaso sanitário e uma pia, o que obrigava todos a tomarem banho de cuia — a metade de uma lata de queijo do reino, que ao abrir fornecia duas cuias perfeitas —, a água sendo retirada de uma lata de banha vazia de vinte quilos que se enchia na pia. A cozinha era um fogareiro improvisado na área de serviço, o que exigia que a comida fosse de uma frugalidade franciscana.

José e os seus irmãos nunca tinham um único tostão no bolso, quando queriam tomar um refrigerante eles o faziam com pasta de dentes diluída em água, quando havia dentifrício suficiente. O único luxo da família era devido à saúde da sua mãe. Ela tinha que comer frutas, peras e maçãs, e estas eram importadas, já que não havia nacionais e se havia eram intragáveis. Como a sua mãe não podia comer as cascas, estas eram dadas aos filhos, um verdadeiro regalo, que era brindado com equanimidade para os três filhos. José, no dia em que as cascas lhe cabiam, saboreava-as lentamente, pois era a coisa mais deliciosa que comia naqueles dias.

Tia Natália perguntou a José se ele sabia ler em inglês e ele respondeu que sim, mas na verdade sabia muito pouco. Então ela passou a lhe enviar pocket books que comprava barato nos sebos. O primeiro livro que ela lhe enviou era um pocket ensebado intitulado *The Case of the Sleepwalker's Niece — O caso da sobrinha do sonâmbulo* —, que ele leu por inteiro entendendo apenas metade, muitas palavras sendo adivinhadas corretamente pelo contexto, mas compreendeu a trama e descobriu o whodunit, o autor do crime. Depois de algum tempo a sua fluência em inglês foi aumentando, não obstante ele quase nunca consultasse o dicionário.

A tia Natália gostava muito dele e um dia levou-o ao jardim zoológico. Ele acabara de chegar ao Rio, tinha oito anos. Ele passeou com ela em frente a todas as jaulas, onde viu tigres, leões, elefantes, girafas, macacos, grandes e pequenos, preguiças, antas, cobras, jacarés e muitos outros animais dos quais não se lembra mais. Mas recorda com nitidez o que mais o impressionou naquele dia. Tia Natália virou-se para ele e pegando-o pela mão pediu-lhe que mostrasse o bicho do qual ele mais gostara. José então levou-a até uma das veredas do zoológico e mostrou. Era uma enorme escavadeira pintada de vermelho com lança, caçamba e barra dentada, que repousava sobre esteiras de placas de ferro articuladas. Aquela máquina nunca saiu da sua lembrança.

Apesar de todas as vicissitudes, ninguém, nem mesmo o pai, que certamente fora o mais atingido de todos, estava particularmente infeliz. O único grande desgosto sofrido por ele em sua volta ao Rio foi o incêndio do Parc Royal, o magazine de nome francês do qual fora gerente. Numa noite de junho, ao saber do incêndio, perto da sua casa, a família foi se juntar à multidão que via o quarteirão inteiro ocupado pelo Parc Royal ser consumido pelas chamas. Entre os homens, mulheres e crianças, estarrecidos com o espetáculo, havia frades do convento de Santo Antônio, localizado próximo, no largo da Carioca, e da igreja de São Francisco, que ficava ao lado e corria o risco de também se incendiar. Jamais acontecera no Rio de Janeiro um incêndio como aquele. Os vidros das janelas da grande loja explodiam com o calor, o mesmo acontecendo com aqueles dos prédios vizinhos, até os antigos vitrais da igreja estouraram e as cordas de todos os seus sinos consumiram-se em chamas. As paredes do maior magazine comercial da cidade ruíram com um fantástico estrondo, causando pânico entre a multidão.

José, durante o incêndio, afastou-se da família, para não sofrer com a consternação do pai e também para que ele não percebesse o fascínio que a grandiosidade da cena lhe causava, e assim poder fruir sem culpa, em toda a sua pureza, o "belo horrível" do espetáculo, uma frase contraditória que antes lhe parecia apenas um oximoro poético, mas cujo significado ele agora entendia. Os surrealistas diziam que a beleza ou seria "convulsiva" ou nada seria. José sempre vira beleza em raios e trovões, e ali estava um verdadeiro cataclismo à sua frente, para ser gozado em seu convulsivo esplendor.

5

No início dos seus dias no Rio, José continuou lendo tudo que encontrava, além dos folhetins que sua tia Natália, que morava na cidade, lhe emprestava logo que publicados, e dos pockets em inglês que ela comprava nos sebos, quase todos de literatura policial.

Mas agora a leitura encontrara uma rival, a cidade, e José parava de ler a fim de perambular pelas ruas do centro, quando conseguia escapar da vigilância da sua mãe. E as imagens, os sons e os cheiros daquela cidade chamada São Sebastião do Rio de Janeiro o despertaram para outra realidade e lhe fizeram descobrir um novo e atraente mundo, deram-lhe uma nova vida. E por sorte sua, o primeiro emprego de José, aos 12 anos — todos tinham que ajudar na renda familiar, a mãe "costurava para fora" —, foi numa pequena oficina que fazia bolsas e carteiras de couro, localizada num sobrado do centro.

José fizera exame de admissão para o Colégio Pedro II e passara com facilidade. Mas o Pedro II não tinha curso noturno e, como tinha que trabalhar durante o dia, José só poderia estudar à noite. Assim, matriculou-se num colégio chamado ISP, na rua Vieira Fazenda, que tinha curso ginasial noturno.

Os alunos eram da classe média baixa. Na turma dele, um aluno chamado Caruso ia toda noite, depois das aulas, ao boteco da esquina e pedia uma média com sanduíche de mortadela. José muitas vezes o acompanhava e intimamente dizia que um dia também ia poder desfrutar daquele prazer impossível de ser realizado. "Você não vai querer um?", perguntava Caruso, e José sempre dava a mesma resposta, "vou ter que jantar quando chegar em casa, e se não comer o que minha mãe preparou ela briga comigo".

A maioria dos alunos era misógina e homofóbica, duas características que irritavam José. Havia no colégio um aluno chamado Ivo C., um homossexual efeminado. José não informa o nome dele por extenso, pois não quer identificá-lo. E sempre que Ivo C. ia ao banheiro, que ficava numa espécie de porão, quando voltava subindo as escadas, os homofóbicos enfiavam o dedo no ânus dele, mesmo por cima da roupa, e Ivo dava saltinhos e gritinhos e os pulhas gargalhavam. Aquilo irritava José de tal maneira que um dia ele perdeu a paciência, armou-se com um facão que pegou em casa e ficou na escada que levava ao banheiro. José agarrou pelo cangote o primeiro sujeito que enfiou o dedo no ânus do Ivo C. e roçou a faca na cara dele dizendo, "seu filho da puta, na próxima vez que você fizer isso eu vou cortar fora os seus colhões". Os outros agressores pararam na escada e José repetiu aos brados, "ouviram, seus merdas, vou cortar os colhões e depois enfiar pela goela de vocês".

Nunca mais enfiaram o dedo no ânus do Ivo C.

O seu trabalho era de entregador, e, para levar as encomendas dos fregueses, que nunca eram demasiado pesadas, pois a produção da oficina era vendida no varejo, José circulava pela cidade inteira, no centro, caminhando, e nos bairros e subúrbios, andando de trem e de bonde, de preferência no estribo. "Saltar do bonde andando" na velocidade máxima era um esporte emocionante para pirralhos como ele. A grande proeza realizada por José, e que o fez ser considerado o melhor de todos, era saltar de costas com o bonde na velocidade 9, a mais rápida que ele podia alcançar. Entre as muitas ocupações que José teve em sua vida essa de entregador foi a mais agradável de todas, certamente mais prazerosa do que a de escritor.

Recentemente, José tem encontrado nas suas caminhadas pela manhã bem cedo, por volta das cinco horas, os entregadores de um jornal matutino. São adultos, que usam camisas estampadas com o nome do jornal no peito e nas costas, e na manga está escrito *Runner*, o termo inglês que significa, entre outras coisas, mensageiro, indivíduo que entrega mensagens, encomendas etc. No tempo de José, o nome dessa função era entregador mesmo, não estávamos numa época de eufemismos anglicizados, como a de hoje. Ele encontrava, durante o seu trabalho, muitos "entregadores de marmita", garotos como ele, carregando um conjunto de vasilhas de alumínio empilhadas e adaptadas a um suporte, com refeições fornecidas pelas pensões. Na hierarquia estabelecida pelos entregadores, essa era considerada a menos nobre das atividades de entrega.

6

José lembra-se da primeira vez em que ele, teoricamente um montanhês, viu o mar. Ao contemplá-lo, teve uma sensação de tranquila e alegre familiaridade, como se fosse o reencontro com um velho conhecido, afinal seus ascendentes portugueses eram "marinhos" ("ó mar salgado, quanto do teu sal são lágrimas de Portugal", disse o poeta Fernando Pessoa) e ele possuía e mantivera uma forte ligação "genética" com as massas de águas salgadas do globo terrestre.

Assim, ficou encantado ao contemplar o mar, mas não surpreendido.

Do sobrado da sua casa José chegava, em dez minutos de caminhada, à avenida Beira Mar e podia contemplar a baía de Guanabara, o Pão de Açúcar, o morro Cara de Cão, os fortes protegendo a entrada da baía, pela qual, às vezes, um navio, vindo sem dúvida de muito longe, penetrava lentamente. Podia nadar na praia das Virtudes, ou Santa Luzia, pois as águas da baía ainda não estavam poluídas, ou então na praia do Flamengo, que ficava a uma distância que ele percorria flanando, beirando o mar. Naquela época, as praias frequentadas ficavam dentro da baía: Ramos, Ilha do Governador, Paquetá, praia das Virtudes na avenida Beira Mar, praia do Flamengo, praia de Botafogo. O grosso da população da cidade morava no centro, nos bairros e subúrbios da zona norte e numa parte da zona sul. A ocupação ainda não se estendera de fato a Copacabana e às demais zonas litorâneas. As restingas dessas áreas eram muito pouco visitadas, e, não obstante o hotel Copacabana Palace tivesse sido construído havia mais de dez anos, em 1922, consta que as primeiras pessoas que tomaram banho de mar em frente ao hotel o fizeram amarradas em cordas, com medo de se afogarem.

Podia-se ir de bonde até o Alto da Boa Vista para passear na Floresta da Tijuca, a maior floresta do mundo localizada dentro de um perímetro urbano. A única inteiramente planejada e criada pelo engenho humano, plantada em uma área que fora devastada para a cultura do café, cujas duas primeiras mudas haviam sido plantadas no Rio de Janeiro em 1771.

Mas os encantos maiores eram as caminhadas próximo de sua casa, pelas ruas do centro cheias de transeuntes, ruas onde se encontravam os cinemas e teatros, as confeitarias, as lojas, os bondes elétricos trafegando pelos trilhos, os carros, e os monumentais edifícios do Theatro Municipal, do Museu de Belas Artes e da Biblioteca Nacional, sendo que nos dois últimos ele podia entrar sem pagar.

Para qualquer lado que fosse, só deparava com atrativos. Se seguisse para o largo da Carioca e dali pela Treze de Maio até a Cinelândia, encontrava os teatros e cinemas, além da elegante confeitaria A Brasileira. A Cinelândia, ou praça Marechal Floriano, não era, como hoje, frequentada por marginais de vários tipos e multidões de pombos que sujam até os transeuntes. José não tinha dinheiro para ir aos cinemas, mas conseguia frequentar um dos melhores do local, o Odeon. Um dia, ele devia ter uns 12 anos, passando pela rua Álvaro Alvim, notou uma porta giratória nos fundos do Odeon. A porta rodava apenas em um sentido, um dos lados era desimpedido para permitir a passagem dos que se retiravam do cinema e o outro lado possuía fileiras horizontais de ferros pontiagudos que impediam a entrada indevida de qualquer pessoa. José percebeu que poderia entrar rastejando com o corpo bem rente ao chão e assim, dessa maneira astuta e infame, conseguia ver todos os filmes que aquele cinema exibia, durante um tempo que não consegue precisar, meses, certamente. Era sempre uma aventura, cheia de medo, vergonha e conquista. O lanterninha ocasionalmente era avisado de que algum moleque havia conseguido penetrar pela porta giratória e percorria a plateia e o balcão com a lanterna acesa procurando o penetra, um escrutínio assustador. Às vezes o facho da lanterna era colocado em cima de José, que se mantinha tranquilo, e o lanterninha ficava na dúvida se ele seria um dos moleques invasores. Tendo sido rico a maior parte da sua curta vida — só recentemente entrara para a categoria dos pobres —, ele ainda tinha cara de rico e comportava-se com a segurança deles. Algumas vezes acontecia que outros meninos, vendo-o penetrar no cinema daquela maneira incômoda, faziam o mesmo e eram sempre postos para fora, ou porque tinham cara de pobre — eram meninos de cor malvestidos —, ou porque ficavam nervosos e se denunciavam.

O Odeon o fez redescobrir o cinema. (A lembrança mais antiga da sua infância é a de uma tela de cinema com imagens em preto e branco em movimento; depois soube que a sua babá namorava o lanterninha e ia para o cinema se encontrar com ele e deixava José sentado olhando as imagens, o que devia alegrá-lo pois nunca reclamou.) E cinema e literatura se juntaram para dar-lhe grandes prazeres.

Se andasse pela rua da Carioca, que ficava paralela à rua Sete de Setembro, onde ele morava, até a praça Tiradentes, passava em frente ao Íris, um cinema que fora elegante, com suas escadas com elementos decorativos de ferro batido, mas se tornara um poeira, nome que designava os cinemas de ingresso barato que exibiam filmes em série. (Depois virou cinema pornô, passou a ser um reduto de gays e hoje é um ponto de encontro para festas de jovens burgueses.) Mais adiante ficava o Ideal, cujo teto, através de um sistema mecânico, se abria durante as noites, refrescando a sala e permitindo ao espectador ver também outras estrelas que não as da tela. (Constava que Rui Barbosa havia sido frequentador assíduo do Ideal, e havia uma cadeira, que seria aquela na qual o grande jurista se sentava habitualmente, marcada com uma placa comemorativa. Mais tarde, o prédio virou uma sapataria.) E logo em seguida ficava a praça Tiradentes, que tinha má fama por ser frequentada por travestis, homossexuais procurando parceiros, prostitutas, corruptores de menores, rufiões, batedores de carteira e vadios em geral, mas que também era um local em cujos bares podiam ser encontrados músicos e artistas de teatro, pois havia, na praça e em suas imediações, teatros de bulevar ou de "revista", como o Recreio, e "teatros de comédia", como o João Caetano e o Carlos Gomes. Estes últimos existem ainda hoje. Caminhando da praça Tiradentes, pela avenida Passos, ele podia chegar ao cinema Primor, outro poeira, na esquina da rua Larga, como era conhecida a rua Marechal Floriano.

A maior de todas as criações do ser humano é a cidade. É no centro das cidades que o seu passado pode ser sentido e o seu futuro, concebido. Ainda que leitura e imaginação disputassem o mesmo espaço e certamente o mesmo tempo em sua mente. Naquela cidade, no Rio de Janeiro, José descobriu a carne, os ossos, o gesto, a índole das pessoas; e os prédios tinham forma, peso e história.

Quando morou em Berlim durante algum tempo como bolsista do DAAD, José conheceu Susan Sontag. Eles se encontraram várias vezes e numa dessas ocasiões Susan lhe disse que as coisas que ela mais amava eram prédios antigos, música e Shakespeare. José concordava em parte com Susan, ele também gostava de prédios antigos, de música e de Shakespeare, o sonetista, mas a admiração que sentia por Shakespeare (um dos seus poetas preferidos) era inferior a que sentia por Carlos Drummond de Andrade e Fernando Pessoa, ainda que isso surpreendesse muita gente. Ele estava certo de que a língua portuguesa era mais rica do que a língua inglesa.

7

Na sua autobiografia, Elias Canetti, o autor de *Auto de fé*, conta como no restaurante Aschinger de Berlim ele se encontrava com Isaac Bábel para discutir a Neue Sachlichkeit, a nova objetividade. Porém o mais curioso era que eles estavam menos interessados em comer e beber do que em imaginar quem eram as pessoas em torno. Tentavam entender e descobrir os mistérios dessas pessoas — todos abrigam segredos e mistérios em sua mente. Bábel ensinou Canetti a olhar insaciavelmente as pessoas, a entendê-las sem julgar e condenar. Bábel dizia que se tratava da Neue Empfindsamkeit, a nova sensibilidade. (Em algum lugar José já escreveu sobre isso, mas não lembra quando e onde.)

Esse recurso criativo foi muito bem usado por Amos Oz, no seu livro *Rimas da vida e da morte*, em que o narrador, enquanto aguarda uma reunião que se prenuncia tediosa, começa a imaginar em detalhes a vida, os destinos das pessoas à sua volta, a quem atribui nomes, relacionamentos, vicissitudes, alegrias, amores e dissabores. E essas pessoas imaginárias tornam-se os personagens principais do livro. Teria Amos Oz se inspirado nos relatos autobiográficos de Canetti? A melhor inspiração do escritor é sempre encontrada nos livros.

8

Voltando ao Rio de Janeiro. No Museu Nacional de Belas Artes — uma cidade sem museus não é uma verdadeira cidade — José se encantava ingenuamente com a monumentalidade heroica da *Batalha dos Guararapes*, de Victor Meirelles, da *Batalha do Avaí*, de Pedro Américo, d'*O último tamoio*, de Rodolfo Amoedo, ou então com o impressionismo de Eliseu Visconti. Postado em frente à fachada iluminada do Theatro Municipal, via as pessoas entrarem e imaginava como seria lá dentro daquele teatro que diziam ser um dos mais luxuosos do mundo, o que só descobriria mais tarde quando se tornou um claqueur, para poder assistir de graça aos espetáculos de ópera e balé, além de ganhar alguns mil-réis.

No início da adolescência de José, sua família se mudou para um sobrado na rua Evaristo da Veiga, quase na esquina da Treze de Maio, que ficava sobre uma loja que vendia peças de automóvel chamada Casa Serafim Ferreira. Bem em frente, do outro lado da rua, ficava uma das laterais do prédio da atual câmara de vereadores. O lugar conseguia ser ainda melhor do que o sobrado da Sete de Setembro. Da sua janela ele podia ver, um pouco adiante, na avenida Rio Branco, a Biblioteca Nacional, e ainda mais perto, na Treze de Maio, o Theatro Municipal. Havia um bonde especial, para transportar homens e mulheres vestidos a rigor que iam assistir aos espetáculos do teatro, conhecido como "bonde de ceroulas", pois todos os seus bancos eram cobertos por uma capa de imaculado linho bege--claro. José olhava essas pessoas descerem do bonde, que parava ao lado do teatro, na rua Treze de Maio. As mulheres desciam com alguma dificuldade devido aos modelos que usavam, pois eram altos os estribos do bonde. Depois José as via caminharem para o teatro, ajeitando estolas e casacos de pele, saias, enquanto os homens acomodavam-se em seus paletós de smoking e gravatas-borboleta, preparando-se para a entrada, que pretendiam ser triunfante, no foyer brilhantemente iluminado do teatro. (Os bondes deixaram de existir, e seu lugar não foi ocupado por nenhum outro tipo de veículo movido à energia elétrica que trafegasse na superfície das ruas. Não havia preocupações com a poluição atmosférica.)

O Theatro Municipal foi inaugurado em 1909. Uma grande orquestra executou o hino nacional, a sinfonia *Insônia*, de Francisco Braga, o noturno da ópera *Condor*, de Carlos Gomes, bem como a abertura da ópera

Moema, de Delgado de Carvalho. Mas o que fez mais sucesso foram as palavras do poeta Olavo Bilac, que ao concluir um discurso foi "delirantemente aplaudido e chamado ao proscênio". A leitura dos jornais da época mostra que os poetas de então gozavam de prestígio idêntico ao dos astros da música popular e da televisão de hoje.

Na Biblioteca Nacional — o prédio, as pinturas de Eliseu Visconti, Modesto Brocos, Henrique Bernardelli e Rodolfo Amoedo, as esculturas de Correia Lima e Rodolfo Bernardelli, e principalmente as estantes cheias de livros causavam em José um grande enlevo — José podia satisfazer o seu vício, a leitura, que então já era incurável e do qual nunca conseguiu se livrar, tendo se tornado ainda mais exacerbado com a idade.

José descobrira que era fácil ler em pé nas livrarias os lançamentos que ainda não tinham sido catalogados pela Biblioteca Nacional. Meia hora numa livraria, meia hora noutra, ele conseguia ler um livro inteiro; os vendedores não se incomodavam, as livrarias nunca estavam muito cheias. Mas ler, agora, começava a lhe proporcionar uma incipiente compreensão das coisas e de si mesmo, lhe dava um prazer diferente, pois lia os autores que escreviam sobre o seu país, originalmente na sua língua, que em riqueza e beleza não perde para nenhuma outra. Eram escritores do norte, do sul, do centro, de toda parte, do campo e da cidade, uns já mortos e outros que estavam em pleno apogeu. Gostava de ler especialmente os autores mineiros. Não obstante, por formação e paixão, o Rio seja a sua cidade e o cenário da maioria dos seus livros, ele se orgulha de ter nascido em Minas e gosta quando o chamam de escritor mineiro.

A literatura feita em Portugal também teve uma participação importante nessa época em que, junto com o amor pela literatura, cresceu o seu amor pela língua portuguesa, e poderia citar dezenas de notáveis autores lusitanos, de história, ficção e poesia, que o marcaram e lhe provocaram grande enlevo e admiração. Seu pai gostava de recitar sonetos de Camões e versos de António Nobre e Guerra Junqueiro. José lembra-se dele recitando, deste último, "O melro" e "Oração à luz". Junqueiro não era um dos seus poetas favoritos, não obstante Fernando Pessoa tenha afirmado, em carta a um editor inglês, ao sugerir a publicação do poema "Oração à luz", que Junqueiro era o "maior de todos os poetas portugueses, tirou Camões do primeiro lugar quando publicou *Pátria* em 1896 [...] 'Oração à luz' é provavelmente a maior realização poético-metafísica desde a grande 'Ode', de Wordsworth".

Todos os dias José passava uma parte do seu tempo lendo na Biblioteca, e mesmo ao entrar para o curso ginasial, quando trabalhava durante o dia e estudava à noite, conseguia arranjar tempo para ir lá. Nas ocasiões em que tinha muita pressa, para voltar ao trabalho ou ao colégio, que também ficava no centro da cidade, ele preenchia rapidamente uma ficha de pedido de livro, sentava-se numa das cadeiras marrons do imenso e acolhedor salão de leitura, e enquanto aguardava o livro, que era entregue por um funcionário, entretinha-se a olhar as fileiras de estantes superpostas até o teto, que na época podiam ser vistas do salão, e sentia como era bom viver. Ficar, por menor que fosse o tempo, no meio daquela infinidade de livros do mundo inteiro era, para José, como estar no paraíso. Ele considerava da maior importância os inúmeros tradutores anônimos que verteram para o português os livros que lia então, escritos nas línguas que não conhecia. Sem o tradutor não existiria isso que se chama literatura universal. Tem, até hoje, uma espécie de broche usado num congresso de tradutores, na Alemanha, que diz, com razão, Übersetzer unersetzlich — o tradutor é insubstituível.

E havia as mulheres, que ele contemplava nas ruas, tão logo chegou ao Rio, e que, apesar da sua idade, o atraíam e seduziam pela beleza, muito mais do que as mulheres dos livros. José se tornara precocemente sensível ao encanto feminino, o que pode ser explicado por Freud e suas teorias sobre sexualidade infantil, ou então por Jung, algo ligado ao inconsciente coletivo, mas provavelmente não é nada disso.

Perto da sua casa, na esquina, ficava a confeitaria Cavé, que parecia ser frequentada apenas por mulheres bonitas. E um pouco adiante, na rua Gonçalves Dias, a confeitaria Colombo. O fato é que ele foi o primeiro e certamente o único menino de nove anos a ficar na porta da confeitaria Colombo, o que era considerado um passatempo de senhores fesceninos, por muitos julgados desfrutáveis e ridículos, olhando o desfile das mulheres mais elegantes da cidade, que depois de apreciarem as vitrines das lojas de roupas da rua Gonçalves Dias iam tomar chá na confeitaria.

A confeitaria, que existe até hoje, era um local ricamente decorado em estilo belle époque, com largos espelhos belgas de seis metros de altura cobrindo as paredes e garçons vestidos a rigor servindo com esmero mulheres elegantes, enquanto uma orquestra na parte superior do salão tocava valsas vienenses. Visto da rua, parecia-lhe um local mágico. Ao chegar em casa, José se deitava, fechava os olhos e via novamente as mulheres desfilarem, uma após a outra, talvez ainda mais deslumbrantes em sua imaginação. Não havia (e não há) nada mais agradável de se ver do que uma bela mulher em movimento.

9

Além dos pais e dos irmãos, José tinha outros membros da família, alguns bem interessantes, como sua avó Maria Clara e as tias Helena e Natália. Ele tem falado sobre a tia Natália. Era atriz de teatro da Companhia Jaime Costa, trabalhou em muitas peças de autores importantes como Pirandello e O'Neill; tia Natália fornecia a José os fascículos com romances de Zévaco e Du Terrail. Mas ele não se lembra de ter falado sobre Maria Clara, que se dizia anarquista e afirmava haver jogado uma bomba no palácio de Queluz, onde residia o presidente da República, razão pela qual teve que fugir para o Brasil. (Há quem diga que se arrependeu: "É um palácio lindo que não merecia sofrer qualquer dano, mesmo um causado em defesa da liberdade." Outros dizem que Maria Clara jogou mesmo uma bomba mas ela não explodiu, pois jamais foi constatado qualquer dano ao palácio.) Apesar de anarquista convicta, ela orgulhava-se de ter entre os antepassados um tataravô que fora estribeiro-mor durante o curto reinado de Dom Miguel. (Nome completo: Miguel Maria do Patrocínio João Carlos Francisco de Assis Xavier de Paula Pedro de Alcântara António Rafael Gabriel Joaquim José Gonzaga Evaristo de Bragança e Bourbon; terceiro filho do rei João VI.)

"Como tu sabes", ela dizia para José com o seu forte sotaque lusitano, "Dom Miguel foi rei de Portugal entre 1828 e 1834, embora, segundo os pedristas, tenha sido um usurpador do título monárquico de sua sobrinha Dona Maria da Glória. Por seu turno, nós miguelistas afirmamos que Dom Pedro, ao seguir o conselho do pai, 'põe a coroa sobre a sua cabeça antes que algum aventureiro lance mão dela', e tornar-se imperador do Brasil, perdeu o direito à Coroa Portuguesa. Dom Miguel era o legítimo sucessor de Dom João VI".

Dom Pedro (nome completo: Pedro de Alcântara Francisco António João Carlos Xavier de Paula Miguel Rafael Joaquim José Gonzaga Pascoal Cipriano Serafim de Bragança e Bourbon) nasceu em 12 de outubro de 1798, veio para o Brasil com toda a família Real devido à invasão de Portugal pelas tropas de Napoleão comandadas por Jean-Andoche Junot. Dom Pedro, menino, leu a clássica obra *Eneida* de Virgílio no original em latim. Leu os sermões do padre António Vieira, as cartas de Madame de Sévigné, as obras de Edmund Burke, de Voltaire e outros. Até o fim de seus dias o príncipe reservou diariamente cerca de duas horas à leitura e ao estudo. Também escreveu diversas poesias: "Meu amor, meu grande amor/ Sem ti não quero viver/ Tua imagem é a meiga flor/ Que eu vivo a benquerer..." Mas a avó de José nunca mencionava qualquer virtude de Dom Pedro.

José não resiste a contar um pouco da nossa história sem o rancor antipedrista de Maria Clara. Aos 18 anos Dom Pedro casou-se com Dona Maria Leopoldina, arquiduquesa d'Áustria. Em 1821 Dom João voltou a Portugal, deixando Dom Pedro como regente do Brasil. No dia da partida disse a famosa "põe coroa" etc.

O povo brasileiro receava ficar sem o príncipe regente e considerava Dom Pedro perpétuo defensor do país. A uma carta que pedia que ficasse no Brasil ele respondeu com uma frase que se tornaria histórica: "Como é para o bem de todos e felicidade geral da nação, estou pronto: diga ao povo que fico." Motivo pelo qual o dia 9 de janeiro de 1822 passou a ser chamado "O Dia do Fico."

Foi então que começaram as lutas entre aqueles que apoiavam o príncipe regente e os que eram a favor da política portuguesa. Nesse meio-tempo Dom Pedro viajou para São Paulo para verificar as fortificações do porto de Santos. Quando voltava encontrou na colina Ipiranga mensageiros que lhe traziam cartas de Portugal. Tomando conhecimento do que diziam Dom João VI, Dona Leopoldina e José Bonifácio numa das cartas, Dom Pedro desembainhou a espada e gritou "Independência ou morte!". No dia 12 de outubro de 1822, Dom Pedro foi proclamado imperador do Brasil.

"Então", agora quem fala é Maria Clara, "esse sacripanta, por enfrentar problemas no Brasil, voltou para Portugal, entrou em guerra com Dom Miguel, ganhou, proclamou-se Dom Pedro IV, rei de Portugal e do Algarve, e nós miguelistas fomos sofrer nas masmorras. Onde o meu tataravô, que era estribeiro-mor, foi enforcado".

10

José frequentava a praia das Virtudes, que ficava no fim da avenida Beira Mar, onde hoje é o aeroporto Santos Dumont. Foi ali, nas águas ainda não poluídas da baía de Guanabara, que ele aprendeu a nadar. Nadava a modalidade que chamavam de crawl, hoje conhecida como nado livre. Foi aprimorando o seu estilo e nos domingos nadava longas distâncias. Mas o que ele mais gostava era de ensinar as meninas a nadar. Primeiro tinham que aprender a boiar, e para isso ele fazia com que se deitassem de costas na água, apoiadas nas mãos dele, a mão direita sempre sob as nádegas das meninas, o que o deixava muito excitado, e a esquerda sob as costas. Mas o melhor era quando, depois de aprenderem a boiar, José lhes ensinava a dar as primeiras braçadas. Agora elas se deitavam de bruços sobre as mãos dele, os pequenos seios apoiados em uma das mãos, e as coxas, na altura da vagina, apoiadas na outra. Muitas meninas sapecas deixavam que ele, com os dedos, acariciasse sua vagina.

Um dia interditaram a praia das Virtudes, e em pouco tempo ela foi aterrada. "Vão construir um aeroporto aqui", disseram.

José passou, então, a frequentar a praia do Flamengo, que ficava uns dois quilômetros distante da sua casa. Ele ia correndo, descalço, até a praia, nadava e voltava correndo.

Do sobrado da rua Evaristo da Veiga — onde José e sua família agora moravam —, seguindo na direção oposta à rua Treze de Maio, ele chegava à Lapa, que passou a incluir no roteiro das suas deambulações. Naquela ocasião a Lapa era conhecida como o reduto dos legítimos boêmios do Rio, mas já estava decadente, não era mais, como no dizer de um dos escritores que a frequentavam, um "bairro literário e artístico, uma alegre miniatura de Montmartre, Soho ou Greenwich Village implantada nos trópicos". Ainda havia na região vários cabarés, dancings com taxi-girls, bares e leiterias que ficavam abertas a noite inteira e que por algum motivo eram frequentadas pelos boêmios, que teoricamente não eram muito chegados às bebidas servidas nesses locais que vendiam laticínios. (Antigamente eram inúmeras as leiterias no centro, hoje existem poucas.)

Na Lapa, na rua Conde Lage e adjacências, localizavam-se os bordéis elegantes da cidade, os prostíbulos ordinários ficavam na "zona do Mangue", próximo da Praça Onze, onde surgiu o samba. ("Zona" passou a significar local de prostituição. Quando se queria dizer que uma mulher se prostituíra dizia-se que ela "caiu na zona" ou era "uma mulher da zona".)

A Lapa para José sempre foi um lugar tranquilo. O escritor Ribeiro Couto, um dos cronistas da cidade, escreveu: "na Lapa posso olhar melhor os homens decaírem, decaírem, roídos pelo vício". Mas isso foi em 1924, antes de José ter nascido. Para ele, os frequentadores da Lapa — cafetões, putas, vagabundos, mendigos, artistas e boêmios em geral — não pareciam "roídos pelo vício", porém normais e bem-comportados.

Mas existia uma mitologia, perversa e romântica, ligada à Lapa: o lendário Madame Satã, um malandro homossexual capaz de enfrentar a polícia e de vencer brigas fantásticas; os cafetões assustadores que desfiguravam com navalhadas o rosto das prostitutas que exploravam; os suicídios, as mortes e as ruínas de burgueses de boa família, causados por deslumbrantes hetairas francesas; o tráfico de escravas brancas, comandado por uma lendária entidade internacional conhecida como Zwig Migdal.

Tomavam leite ou comiam coalhadas ao lado de José, na leiteria Bol (a da Lapa, não a da rua Gonçalves Dias, que tinha outra freguesia), homens e mulheres que exigiam um esforço de imaginação para que ele pudesse lhes atribuir coisas perniciosas e perigos ameaçadores. Na verdade, José notava neles uma certa formalidade, a cidade, como um todo, era mais formal. Não se viajava descalço nos bondes, havia um bonde especial de carga que era usado pela gente malvestida, conhecido como taioba; para entrar nos cinemas, com exceção dos chamados poeiras, era preciso usar paletó e gravata, mesmo nas matinês. Não havia consumo de drogas, com exceção de cigarros e álcool; a maconha nem sequer era proibida, usada por poucos entre a população mais pobre; o consumo de drogas era tão ínfimo na cidade que havia um cidadão que era famoso exatamente por ser o único consumidor de cocaína, que aliás também não era proibida. João do Rio fala da sua visita a uma casa de "comedores de ópio", no Beco dos Ferreiros (que ficava no centro, mas não na Lapa), onde "chins magros, chins gordos, de cabelos brancos, de caras despeladas, chins trigueiros, com a pele cor de manga, chins cor de oca, chins com a amarelidão da cera dos círios [...] preparam-se para a intoxicação". Mas isso, se não for produto da imaginação do cronista, teria acontecido, de maneira episódica e inexpressiva, em 1908.

As putas francesas da rua Conde Lage eram, de certa forma, fascinantes — assim como os suntuosos palacetes com grandes janelões onde os bordéis funcionavam e que antes haviam sido ocupados por famílias ricas. Os porteiros dos bordéis da Conde Lage, apesar das inúmeras tentativas de José, não o deixavam entrar por ele ser menor, e também certamente por estar malvestido — aqueles bordéis eram frequentados por homens importantes, do mundo da política e dos negócios. José se postava na rua, e via através das largas janelas, nos salões iluminados por grandes lustres de cristais, aquelas mulheres muito brancas, jovens e bonitas, elegantes em seus ricos vestidos longos decotados, de seda e cetim, tomando champanhe em taças de cristal, provavelmente falando francês com os seus clientes, trajados formalmente de roupas escuras, alguns de smoking.

José nunca sentiu atração por prostitutas, mas essas da Conde Laje ele não considerava putas, nada tinham em comum com aquelas do Mangue, que ficavam na porta de suas casas rústicas, gordas ou raquíticas, mal-vestidas, feias, algumas velhas, aliciando os potenciais clientes que passavam com palavras encantatórias como *buchê*, corruptela francesa que significava sexo oral, uma extravagância luxuriosa importada, diziam, da terra da marquesa de Maintenon. Cobravam dois mil-réis dos clientes (nessa época uma entrada de cinema custava mil e cem réis). A moeda de dois mil-réis tinha num dos lados a efígie de Santos Dumont, o inventor da aviação, e no outro, uma asa. Era chamada por todo mundo de "voando para o Mangue".

José não conseguia ter da zona do Mangue uma visão romântica, como a de Stefan Zweig, ao visitá-la poucos anos depois:

"Também outra originalidade do Rio", disse Zweig, "em breve será vítima da ambição civilizadora e talvez também da moral — como em muitas cidades da Europa, Hamburgo ou Marselha — as ruas de que não se fala, a zona do Mangue, a grande feira do amor, a Yoshiwara do Rio. Oxalá ainda à última hora aparecesse um pintor, a fim de retratar essas ruas, quando elas à noite brilham com luzes verdes, vermelhas, amarelas e brancas, e sombras fugitivas, constituindo um espetáculo oriental, misterioso pelos destinos acorrentados uns aos outros e semelhante ao qual não vi outro em toda a minha vida. Nas janelas, ou melhor, nas portas, se acham como animais exóticos por trás das grades, mil ou talvez mil e quinhentas mulheres, de todas as raças e de todas as cores, de todas idades e naturalidades, negras senegalescas ao lado de francesas, que já quase não podem cobrir com arrebiques as rugas produzidas pelos anos, caboclas franzinas e croatas obesas esperam os fregueses, que em incessante préstito espiam pelas janelas, a examinar a mercadoria. Por trás de cada uma dessas mulheres se veem lâmpadas elétricas de cor, que iluminam com reflexos mágicos o aposento posterior, no qual se destaca na penumbra o leito, que é mais claro, um clair-obscur de Rembrandt, que torna quase mística essa atividade cotidiana e, além disso, assombrosamente barata. Mas o que é mais surpreendente, o que, ao mesmo tempo é brasileiro, nessa feira, é a calma, o sossego, a disciplina; ao passo que, em ruas como essas em Marselha, em Toulon, reina grande barulho, se ouvem risadas, gritos, chamados em voz alta e gramofones, lá os fregueses bêbados, os europeus, berram nas ruas, aqui, nas do Rio, reina calma e moderação. Sem se sentirem envergonhados, os homens passam diante daquelas portas, para às vezes desaparecerem ali, como um rápido raio de luz. E por cima de toda essa atividade calma e oculta está o firmamento com suas estrelas; mesmo esse recanto, que em outras cidades, de qualquer modo, consciente e envergonhado do seu comércio, se concentra nos bairros mais feios e decaídos, no Rio ainda tem beleza e se torna um triunfo de cor e de luzes variadas".

O grande Lasar Segall pintou o Mangue, mas não o "triunfo de cor e luzes coloridas" de Zweig, e sim, como disse Manuel Bandeira, "as almas mais solitárias e amarguradas daquele mundo de perdição, como já se debruçara sobre as almas mais solitárias e amarguradas do mundo judeu, sobre as vítimas dos pogroms, sobre o convés de terceira classe dos transatlânticos de luxo".

Stefan Zweig era um escritor austríaco de ascendência judaica que fugiu da Áustria dominada pelos nazistas. Morou algum tempo na Inglaterra e depois veio para o Brasil. Suicidou-se no dia 23 de fevereiro de 1942, talvez influenciado pelos êxitos dos nazistas na Europa naquela ocasião.

José já havia lido dele as biografias de Maria Antonieta e de Fouché. A de Fouché deixou-o muito impressionado. Durante a chamada Época do Terror, Fouché passou a ser conhecido como Le mitrailleur de Lyon, por ser responsável por quase duas mil execuções. Conspirou contra Robespierre, derrubando-o no Golpe do Termidor. Depois, com as mudanças políticas, ele desapareceu por uns tempos, até que com a ascensão de Bonaparte conseguiu retornar, associado a Talleyrand, ao primeiro plano da política francesa. Um prodígio de habilidade política.

Depois José leu as biografias de Maria Stuart e Fernão de Magalhães. E também os romances de Zweig. E finalmente leu *Brasil, país do futuro*.

Muito se escreveu sobre o suicídio de Zweig, até foi levantada a hipótese de que ele teria sido assassinado. O certo é que José ficou triste quando soube da morte do escritor. E entendeu a sua frase: "Cada um de nós é vencido apenas pelo destino que não soube dominar. Não há derrota que não tenha um significado e não represente também uma culpa."

Para José as trabalhadoras do Mangue, que na adolescência ele "espiava através das janelas", eram pessoas que lhe despertavam apenas compaixão, ao contrário das mulheres da rua Conde Lage, na Lapa, que provocavam encantamento, mulheres saídas das páginas de Henri Murger ou de Balzac, que tinham seus encontros galantes nas salas privadas dos restaurantes de luxo de Paris, para comer finos acepipes e beber voluptuosos vinhos de cepa nobre, antegozando uma refinada noite de prazer.

O certo é que a Lapa nos anos 1930/40 perdeu a sua importância. Os bordéis de luxo da Conde Laje fecharam por falta de freguesia. Em 1950 um samba de Carnaval de sucesso repetia o refrão "a Lapa está voltando a ser a Lapa", mas isso não acontecera, ela não voltara aos seus tempos de glória. Chico Buarque, anos depois, apenas confirmou essa situação ao compor a conhecida canção que diz "Eu fui à Lapa e perdi a viagem, que aquela tal malandragem não existe mais". A decadência da Lapa ocorreu simultaneamente com uma mudança de costumes, no que concerne aos encontros galantes. Até então havia para isso apenas um motel, o Colonial, na avenida Niemeyer, aonde só se podia ir de carro. A maioria das pessoas se utilizava de rendez-vous, eufemismo afrancesado usado para denominar os quartos alugados por horas por cafetinas discretas, e os havia de todo preço; o termo adquiriu uma conotação pecaminosa e não podia ser pronunciado em casas de família. Os indivíduos que tinham posses montavam um apartamento, que era conhecido como garçonnière, no linguajar elegante (ainda que também impróprio em uma casa de família), ou vulgarmente como matadouro. Mas então, novos motéis para esses encontros começaram a ser construídos, principalmente na Barra da Tijuca. As zonas de prostituição para a classe média acabaram e as dos pobres quase desapareceram. A "zona" praticamente não existe mais, nem mesmo como símbolo. As putas agora podem ser encontradas em bares ou acionadas por telefone, divulgado em anúncios de jornal, e passaram a se chamar call girls ou garotas de programa. Há ainda aquelas que ficam nas calçadas, principalmente de Copacabana, à espera de fregueses motorizados, ou então de algum turista, hospedado num dos hotéis da orla.

No início dos anos 1980 a Lapa teve uma espécie de renascimento e entrou na moda junto à classe média da zona sul, principalmente entre os jovens. Hoje existe na Lapa uma profusão de restaurantes, boates, cabarés, botequins, prostíbulos que dão oportunidade de diversão para muitas pessoas.

11

Para aumentar a sedução da cidade, a atração que ela exercia sobre José, alguns meses depois de morar no centro e de explorar e conquistar avidamente seu novo território, aconteceram os quatro dias de Carnaval. As ruas e praças em volta da casa dele, a avenida Rio Branco, a Treze de Maio, o largo da Carioca, a Cinelândia se encheram de repente de mulheres lindas fantasiadas de odaliscas, colombinas, tirolesas, índias, ciganas que pareciam ter vindo de outro mundo; foram ocupadas por grupos de pessoas fantasiadas cantando e dançando ao som de bandas de música; pelos carros abertos fazendo o corso; pelo desfile dos préstitos das Grandes Sociedades — os Fenianos, os Pierrots da Caverna, os Tenentes do Diabo, o Clube dos Democráticos. E havia as serpentinas e os confetes coloridos, no ar o aroma do lança-perfume, éter perfumado em bisnagas de vidro ou metal, que as pessoas esguichavam umas sobre as outras, e que, quando aspirado em pequenas doses, o que era comum, causava uma embriaguez instantânea, mas de curta duração. (Alguns sujeitos brigões, ou cretinos, gostavam de jogar o éter das bisnagas nos olhos dos outros, o que causava uma forte ardência, também passageira.)

No último dia de Carnaval, a Terça-Feira Gorda, que os franceses chamam de mardigras, que antecede a Quarta-Feira de Cinzas, as pessoas cantavam com uma desesperada e masoquista alegria "é hoje só, amanhã não tem mais, é hoje só, amanhã não tem mais!", e naquele dia — e muito depois em outras terças-feiras carnavalescas — esse refrão enchia José de tristeza, o Carnaval ia acabar. Não entendia por que as pessoas faziam questão de gritar esse inútil estribilho doloroso de alerta. Nesse dia, ele foi para casa e ficou até o sol raiar no balcão do seu sobrado, para ver os últimos blocos deslocando-se pela rua Sete de Setembro entre a praça Tiradentes e a Rio Branco. Ouviu, ao longe, na madrugada cinzenta o derradeiro bloco se aproximando, apenas o barulho cadenciado dos tamancos no asfalto, uma anunciação misteriosa, não assustadora, apenas melancólica, do fim do mundo. Quando naquela manhã cinérea o bloco se aproximou e passou em frente à sua janela, marchando num compasso lento de rancho, José pôde ver a todos, homens, mulheres e crianças, pretos, mulatos e brancos, pobres, com suas fantasias consumidas, cansados, mas com um sentimento de coragem resignada, ou de esperança, ou de seja-o-que-Deus-quiser; e pôde ouvir o samba que cantavam — "o orvalho vem caindo, vai molhar o meu chapéu, e também vão sumindo as estrelas lá do céu, tenho passado tão mal, a minha cama é uma folha de jornal".

O primeiro desfile a que José assistiu ocorreu quando ele era ainda estudante, em 1943. Em algum lugar José já escreveu sobre essa sua experiência. Foi na Praça Onze e não havia arquibancadas, e o público, na grande maioria pessoas humildes, seguia dançando e cantando as escolas cercadas por cordas carregadas pelos sambistas. Desde então ele só deixou de ver os desfiles quando morou no exterior. E acompanhou, ano a ano, as transformações dos enredos, das baterias, das fantasias, dos carros alegóricos, da composição étnica e social de desfilantes e assistentes, e tudo o mais.

Lembra-se bem de um desfile em que se colocou nas escadas de acesso aos camarotes de número par e que ficavam sobre o local de armação das baterias. Por se interessar mais pela percussão esse foi o lugar onde permaneceu mais tempo. A bateria da Unidos da Tijuca chegou, vinda da Presidente Vargas, bem à frente do resto da escola. Veio batendo e percebia-

-se logo que havia alguma coisa de errado. Quando o mestre mandou que ela parasse, não ocorreu aquele crescendo que termina numa explosão uníssona seguida de um silêncio fortíssimo. Um estalar a mais de um único tamborim, um pequeno gemido da cuíca, uma batida sopitada de repicador, um contido estrepitar da caixa de guerra, um leve retinir de pratos, o ressoar arrependido de um bumbo põem tudo a perder. Pois foi o que aconteceu com a Unidos da Tijuca. O surdo repicador, um deles, deu mais duas ou três batidas após o estouro que marca a parada. O surdo é um dos mais difíceis instrumentos da bateria. Ele é o mais cansativo de tocar. O bumbo é mais pesado, mas a sua batida é uniforme, de cadência simples e automatizável, e exige menos do ritmista. O surdo repicador tem liberdade dentro da congruência sonora dos instrumentos. Ele faz cortes, divisões, cruzamentos, fortalecendo a coerência harmônica do compasso dos vários instrumentos, gerando essa grande cadência de ruídos brutos que é uma bateria de escola de samba.

Quando você está no meio dela o som entra pelos poros da pele, pela boca, pelo nariz, mais do que pelos orifícios dos ouvidos.

Da arquibancada, engaiolados nos seus poleiros, ninguém percebeu o desastre dos tijucanos. Mas no fundo do local de armação da bateria, longe dos olhares do público, um repicador foi cercado pelos companheiros. Uma feroz discussão se estabeleceu. O repicador tirou a sua fantasia e jogou-a no chão. De onde estava, José não conseguia ouvir o que eles diziam exaltadamente. Depois de alguns arrochos e pescoções o rapaz foi obrigado a vestir a fantasia, mas o surdo foi entregue a um dos reservas. O ritmista ficou num canto marginalizado, e mesmo à distância José podia ver a tristeza de seu semblante infortunado. Dissimuladamente ele limpava do rosto as lágrimas que não conseguia conter.

Esse foi um momento de paixão. Como o ritmista da Unidos da Tijuca outros também perderam, neste e em outros desfiles, a cadência — o que é a mesma coisa que ter um ferrete incandescente marcando seus corações para o resto da vida. José ainda se lembra do Waldemiro, da Mangueira, velho e mancando, o rosto enrugado torcido de ódio, partindo para cima de um instrumentista e arrancando-lhe das mãos o tamborim e a baqueta. Nestes anos todos viu muito passista desengonçado, sambista desafinado, alas inteiras atravessando o samba, destaque caindo do carro alegórico no asfalto; já viu tudo de errado e vexatório que pode acontecer sem que os transgressores sofressem maiores agravos. Mas quando o ritmista pratica qualquer desacerto ninguém o perdoa, como se ele tivesse cometido um crime nefando. No panorama das grandes manifestações culturais brasileiras o músico de bateria só tem um igual na vulnerabilidade ao opróbrio — o goleiro de futebol e sua Némesis, o frango.

O desfile é feito basicamente de paixão. Vendo-se o cortejo dos artistas e sua imensa plateia apertada nas arquibancadas ou recostada nos camarotes, cantando, sambando, comendo, invadindo, bebendo, drogando-se, vituperando, poderiam vir à mente das pessoas as palavras de Marcos: "do interior do coração dos homens é que saem os maus pensamentos, os adultérios, as fornicações, os homicídios, os furtos, as avarezas, as malícias, as fraudes, as desonestidades, a inveja, a blasfêmia, a soberba, a loucura." Nunca houve uma dessas ações que não fosse cometida em razão do desfile. E também estavam presentes os apáticos, os autômatos, os que tinham de estar lá porque todos estavam lá, os adesistas de última hora, os bocalivristas.

"Isto não pode durar muito", disse um amigo especialista em Dante. "Ainda existe uma luz e algum sonho, um pouco de concórdia e melancolia atenuando o furor das paixões humanas. Depois disso, o inferno. Então tudo acabará."

José acreditava que o purgatório revigorava o homem, purificava-o da mácula do pecado e predispunha-o a subir às estrelas. "Mas o homem não supera o inferno." Nesse instante passou a bateria de Vila Isabel, e a bateria amaciou o coração de José. "E quindi uscimmo a riveder le stelle", pensou ele.

Naquele momento José não estava interessado em elucubrações filosóficas. O desfile oficial podia afinal acabar, como acabou o corso na avenida, como acabaram, ou perderam expressão, o concurso de misses e outros espetáculos e ocorrências que gozaram de grande prestígio popular. Mas o desfile das escolas de samba não é o Carnaval, nem é o samba. O mais importante é o fenômeno cultural que está por trás dele, cultura entendida como o conjunto de criações e valores que caracterizam uma comunidade, aí incluídas não apenas as manifestações artísticas contidas no desfile — a dança, a música, a poesia e as artes visuais — mas também a organização social e todas aquelas aptidões que o indivíduo adquire e desenvolve numa sociedade determinada, no caso das escolas o morro, os conjuntos habitacionais e outras comunidades carentes e, colateralmente nos últimos anos, certos núcleos da classe média. Todo fenômeno cultural sofre uma evolução espontânea. Na verdade, ela é imune à manipulação e às ameaças do inferno. O desfile, essa parada regulamentada e regimentalizada, tende mesmo a acabar e isso não terá a menor importância para o Carnaval e para o samba. Só em Madureira havia mais gente brincando nas ruas do que em toda a Marquês de Sapucaí.

De volta ao seu posto de observação da bateria, José ficou admirando os velhos ritmistas da Mangueira. Eles eram extremamente hábeis e muitos têm mais idade do que a própria escola. José os conhecia de vista há longos anos: o de cabelos grisalhos que cantava empolgado o tempo inteiro, branco e de constituição física pouco característica de sambista, parecendo mais um advogado ou contador de boa clientela; ou o mulato magro de óculos que batia no tamborim com uma vareta de duas hastes, sério e digno como um antigo mestre-escola, o bigode fino pintado de preto; e o outro velho baixinho e pálido e todos os demais veteranos da ala de tamborins na linha de frente da bateria, liderados pelo mais velho de todos, o octagenário Waldemiro, com seu perfil enrugado de falcão e seu andar manco de albatroz baudelairiano redimido. Eles faziam um som espesso e exato, constante, de precisão e distinção inigualáveis. Não eram de inventar arabescos e hipérboles inúteis. Sua segurança e firmeza transmitiam ao sambista da escola ânimo e confiança. Sua extrema coerência talvez insinuasse, após algum tempo, uma (pouca) monotonia, mas nunca a insipidez ou o tédio. Às vezes José sentia um certo prazer com as baterias mais firulentas, quando porém preservavam a consistência e virtuosidade. Com satisfação verificava que as baterias estavam a cada ano melhores, sob todos os aspectos, e talvez o futuro dos desfiles seja apenas o de grandes baterias, com o povo solto dançando atrás.

O dia raiou, o sol surgiu abrasante e, com exceção dos turistas, ninguém havia ido embora. Já passava das dez horas quando a última escola, a Mocidade Independente, armou-se para o desfile. O mestre da bateria, baleado na perna, dirigia seus ritmistas de uma cadeira de rodas. Dílson Carregal, que substituía o lendário mestre André, só deixaria de estar ali, fazendo aquilo que ele queria e sabia, se estivesse morto. O sol batia em sua perna engessada e, mais do que o espírito carnavalesco do carioca, ele representava a resistência e a obstinação do ser humano na preservação do seu estilo de vida.

No dia seguinte, o mundo tinha-se modificado, pessoas estranhas, feias e sem alma caminhavam pelas calçadas. De uma hora para outra a alegria e o amor haviam desaparecido da face da Terra, e ele, imprevidente ou impotente, não conseguira tornar constante a imensa felicidade que havia sentido, estava tudo acabado e perdido, o que vira e sentira parecia impossível de ser revivido em seu coração, amanhã não tinha mais. Hoje, ele vê as fotos antigas do Carnaval, e aqueles foliões e folionas, mortos e esquecidos, são efemeramente ressurrectos pela sua imaginação.

No Carnaval de 1855, ocorreu no centro da cidade o primeiro desfile do Congresso das Sumidades Carnavalescas. Em carruagens ou a cavalo, desfilaram carnavalescos fantasiados de Nostradamus, Luís XIII, Lord Buckingham, Benevenuto Cellini, Van Dyck. "O entrudo está completamente extinto", escreveu, neste ano, o romancista José de Alencar. As Sumidades foram substituídas, anos depois, pelas Grandes Sociedades Carnavalescas, cujos carros alegóricos, empurrados por associados ou puxados por burros, tendo sobre eles toscas esculturas e mulheres fantasiadas com trajes sumários, desfilavam ao som de clarinadas de músicos a cavalo. Os chamados préstitos das Grandes Sociedades logo se tornaram o grande acontecimento do Carnaval, que definitivamente adquirira um novo estilo. Acabara mesmo "o jogo selvagem" do entrudo. Aumentava a ocorrência dos bailes. As músicas carnavalescas eram cantadas por todos. As batalhas entre pessoas fantasiadas eram de confete, de serpentinas de papel colorido, ou de lança-perfume. Os blocos à fantasia ou de sujos desfilavam pelas ruas seguindo a cadência dos instrumentos de percussão, agora não apenas os bumbos e zabumbas do tempo do Zé Pereira, um português que saía sozinho pelas ruas batendo um bumbo, mas também pandeiros, tambores, tamborins, qualquer coisa que percutisse. Uma nova maneira de brincar o Carnaval surgiu com o corso, um desfile de carros conversíveis percorrendo lentamente, próximos uns dos outros, um trajeto de ida e volta ao longo da avenida Rio Branco, com foliões de ambos os sexos devidamente fantasiados, cobertos de confete, se divertindo, cantando, as mulheres sentadas nas capotas arriadas e os homens em pé nos estribos, o que permitia que saltassem rapidamente para jogar lança-perfume nas colombinas e odaliscas da fila motorizada. Serpentinas eram arrojadas de lado a lado, ligando os carros com feixes compridos e espessos de fitas multicoloridas. Maçarocas de serpentina e confete espalhavam-se pelo chão da avenida.

Os bailes de Carnaval demoraram ainda alguns anos para se tornarem realmente populares. Com o passar do tempo, surgiram bailes de todos os tipos. Para ricos, em locais como o Theatro Municipal, felizmente proibidos, quando perceberam que os folgazões destruíam as ricas instalações do teatro.

José lembra-se de ter ido a um desses bailes de Carnaval e ficado revoltado ao ver hordas de louras gordas oxigenadas, ricamente fantasiadas, sentadas sobre as bordas acolchoadas de veludo das frisas e dos camarotes, com as pernas nuas para fora, batendo com os saltos dos sapatos no bojo das paredes, ao som das marchas carnavalescas; viu pessoas jogando cigarros acesos, restos de bebidas e vomitando sobre as passadeiras vermelhas dos corredores e das escadas. Para os pobres e remediados, muitos clubes esportivos ou recreativos promoviam bailes, em salões ou quadras de esporte; mas havia locais que só funcionavam no Carnaval, como o famoso High Life, na rua Santo Amaro, onde ele assistiu ao seu primeiro baile, ainda adolescente, surpreso com a licenciosidade que imperava nos salões, algo que não via nas ruas.

Ainda muito jovem, quando estudante da faculdade de direito, José participou algumas vezes de um baile realizado todo ano, na tarde de um dia útil da semana anterior ao Carnaval, em um local fechado, alugado especialmente para esse dia, com porteiros, garçons, roupeiros, todos de confiança, contratados pelos organizadores. Somente eram admitidos no baile aqueles que possuíam convite, que não era fácil de se conseguir, e os escolhidos eram advogados, juízes, alguns estudantes de direito que estagiavam no foro, ou em um escritório, e eram confiáveis pela discrição, como era o seu caso. O baile era conhecido como Baile da Balança, a balança que simboliza o equilíbrio e ponderação da Justiça. Só havia mulheres bonitas no baile, José acredita que o porteiro barrava as feias; nem todas eram vadias (ou coisa parecida); provavelmente as que se mantinham mascaradas eram mulheres sérias (ou coisa parecida). O baile era também conhecido como

Baile do Cabide, pois na entrada o convidado, que passara a manhã no foro ou no escritório e chegava de paletó e gravata, recebia um cabide para colocar sua roupa. Um pequeno número ficava apenas de cuecas, que, conforme a moda da época, pareciam bermudas; outros tiravam o paletó e a camisa, pois era verão e o salão ficava muito quente; mas a quase totalidade apenas tirava o paletó e a gravata. Roupas e pastas eram cuidadosamente guardadas e não se conhecia história de uma simples gravata ter desaparecido. Algumas mulheres, mais ousadas, punham-se de calcinha e sutiã, com as máscaras, é claro, mas a maioria mantinha-se decorosamente trajada. Os casais dançavam, se agarravam e se beijavam, mas qualquer coisa além disso teria que ser transferida para outro local, pois o baile se orgulhava de não ser um festim licencioso. A toda hora um convidado se retirava sorrateiramente, acompanhado de uma mulher. Se um advogado, ou estudante como José, reconhecesse um respeitável juiz ou desembargador abraçado a uma mulher, fingia que não via e jamais comentaria isso. Encontrando o juiz no foro, agiria como se nada daquilo tivesse acontecido. Eram todos cavalheiros, e como tal se portavam. (Quer dizer, fora do baile.)

A maioria dos foliões não brincava em bailes, divertia-se nas ruas, nos blocos de sujos ou nos bondes que trafegavam na cidade, dependurados nos seus estribos, sentados ou em pé no interior do veículo, cantando as músicas carnavalescas. Os bondes da zona sul, que vinham com destino ao centro passando pela rua Treze de Maio, entravam na galeria Cruzeiro, que era o ponto final, e faziam o seu retorno pela rua Senador Dantas.

A galeria Cruzeiro, localizada sob o prédio do hotel Avenida, ocupava um quarteirão da Rio Branco, que foi mais tarde demolido para dar lugar a mais um arranha-céu. Com seus dois corredores em forma de cruz (daí o seu nome), a galeria abrigava em seu interior várias lojas comerciais e pelo menos duas cervejarias, cujos salões durante os três dias de Carnaval ferviam repletos de amigos da folia, muitos deles usuários dos bondes. José lembra-se de ficar nas portas das cervejarias olhando as pessoas lá dentro, sem poder entrar, por não ter dinheiro ou idade para isso. Numa delas, uma banda tocava, com grande estridência, as marchinhas de Carnaval, com o acompanhamento alegre e desafinado dos beberrões. Magotes de pessoas fantasiadas entravam e saíam dos bondes. Enquanto existiu, o bonde foi um elemento importante da festa, tema de inúmeras músicas carnavalescas. Próximo da galeria ficava o famoso café Nice, onde os compositores populares se reuniam para conversar e vender uns aos outros as suas composições.

Em 1932, na Praça Onze, aconteceu o desfile inaugural das escolas de samba. Antes das escolas de samba, havia os ranchos-escolas, no final do século XIX, cujos desfiles eram um grande acontecimento carnavalesco. Os ranchos ainda existem e desfilam hoje no mesmo local das escolas de samba, mas em outro dia, pois as escolas têm a exclusividade das noites/

madrugadas do domingo e da segunda-feira. Os ranchos buscam manter sua forma original, no entanto são apenas, para tristeza de muitos estudiosos, uma curiosidade folclórica, sem prestígio popular. Também desfilam, em outro dia, os frevos, uma dança popular do estado de Pernambuco, com coreografia que exige uma forma física perfeita dos dançarinos, animados por uma orquestra de metais que produz um som empolgante. Mas também o frevo, não obstante sua vitalidade e beleza, não passa de um coadjuvante da festa no Rio de Janeiro.

Desde 1920 já havia escolas de samba, e a primeira, por uma singular coincidência, surgiu no bairro Estácio de Sá, cujo nome homenageia o fundador da cidade. Nas adjacências do Estácio ficavam os morros da Saúde, da Favela (vocábulo provavelmente originário de local com o mesmo nome, em Canudos, e que, dicionarizado, passou a significar qualquer ajuntamento de barracos ou casas pobres desprovidas de condições higiênicas), da Providência, de São Carlos e os bairros da Gamboa e do Catumbi. Nesse local surgiu também o samba, que desbancou o maxixe, a música dos carnavalescos até então.

As escolas de samba, hoje integradas por milhares de participantes, são agremiações surgidas nas comunidades carentes dos morros ou da periferia da cidade.

O primeiro desfile com arquibancadas ocorreu em 1962, na avenida Rio Branco, e ele recorda-se da apresentação revolucionária do Salgueiro, dirigida por Fernando Pamplona, estabelecendo um novo padrão estético para os desfiles futuros, no que se refere às fantasias, aos carros alegóricos e à interação entre tema, música e organização das alas de sambistas.

Desde 1984 as escolas exibem-se no Sambódromo, como é conhecido o conjunto arquitetônico construído pelo governo estadual especialmente para o desfile, com arquibancadas e camarotes para o público. As escolas desfilam cantando e dançando ao som de centenas de instrumentos de percussão, tambores, bumbos, caixas de guerra, tamborins, pandeiros, cuícas, reco-

-recos, pratos de metal, comandados por um mestre, que dirige a bateria com a precisão de um maestro de orquestra sinfônica.

12

Já foi dito, mas não é demais repetir, que José, tão logo chegou ao Rio, ficou precocemente deslumbrado com as mulheres, que contemplava nas ruas, e que apesar de sua idade o atraíam e seduziam pela beleza muito mais do que as mulheres dos livros. Certamente existiam também mulheres lindas em Minas, mas ele ainda era muito criança, e ao chegar ao Rio em pouco tempo ele fez dez anos de idade e então a sua sensibilidade ao encanto feminino aumentou ainda mais.

Nessa ocasião ele morava na rua Sete de Setembro e se apaixonou por uma menina de 14 que morava num sobrado ao lado. Os dois moravam no mesmo andar de dois antigos prédios, que sendo contíguos permitiam que ficassem namorando à distância de suas sacadas de ferro batido. O único contato que eles conseguiam ter era tocar a mão um do outro. O nome da menina era Antônia.

Um dia Antônia disse que estava sozinha em casa. Mas isso de nada adiantava, José não podia ir vê-la, pois quando os pais de Antônia saíam trancavam a porta do sobrado que dava para a rua a fim de que a filha não pudesse sair. Então José decidiu passar de um prédio para o outro. Antônia quando soube das intenções do namorado pediu que ele não fizesse isso, era muito arriscado, ele poderia cair e morrer. Mas José, que, como sabemos, tinha um grande controle sobre o seu equilíbrio — lembrem-se de que viria a ser, aos 12 anos, campeão do salto de costas do bonde em alta velocidade —, conseguiu passar de um sobrado para o outro, apoiando os pés de maneira precária nas cornijas do alto dos prédios e agarrando-se nas grades de ferro das sacadas.

Quando ficaram a sós eles se abraçaram.

"Você quer me beijar?", ela perguntou. José já havia beijado outras meninas e respondeu que sim. Então Antônia se aproximou, abraçou-o. Ele acariciou de leve os pequenos seios dela. Antônia beijou-o, tocando com a língua dela a língua de José. Ele nunca fora beijado assim, e aquilo o surpreendeu agradavelmente.

"Foi você que inventou isso, esse tipo de beijo?", ele perguntou.

"Que tipo de beijo? Foi um beijo... beijo", Antônia respondeu.

José pensou um pouco e disse:

"Você beija todo mundo assim?"

Ela respondeu:

"Você é a primeira pessoa que eu beijo na boca sentindo... sentindo... sentindo amor."

Foi dessa maneira que José descobriu que o beijo glossiano era normal, e não uma perversão erótica. Ao contrário, era a sensualidade, o instinto sexual se manifestando de maneira saudável, sem malícia.

Sempre que os pais de Antônia se ausentavam José fazia o seu malabarismo passando para a sacada da casa dela. Ficavam abraçados se beijando o tempo todo, sem parar, às vezes horas, nos dias em que os pais dela iam ao cinema e depois jantavam fora.

Infelizmente os pais de Antônia se mudaram do sobrado. Nunca mais vou amar ninguém, ele pensou, e só não chorou de tristeza porque José nunca chorava, nem nunca choraria em sua vida, nem mesmo quando todas as desgraças se abateram sobre ele. Ele não sabia chorar e nunca aprenderia.

13

José, que começara a trabalhar como entregador de mercadorias, agora tinha um emprego melhor, office boy. Já estava com 14 anos e no quinto ano ginasial. Logo no primeiro dia de trabalho ficou maravilhado com o enorme salão onde cerca de duzentas datilógrafas alinhavam-se atrás de mesas que, quando eram fechadas, as máquinas de escrever desapareciam.

Ele logo se apaixonou por uma datilógrafa loura, que devia ter uns 18 anos. O nome dela era Dulce. Sempre que possível ele se encontrava com ela. Esperava-a chegar para entrarem juntos, e saía com ela, mesmo quando Dulce fazia serão.

Um dia José a convidou para irem ao cinema e ela aceitou. Foram ao Pathé, na Cinelândia, às seis da tarde. José escolheu a última fila do cinema. Logo que as luzes se apagaram ele segurou na mão de Dulce. Depois beijou-a. Em seguida acariciou com a outra mão as suas coxas, sentindo o seu púbis e sua vagina sob a roupa. Então colocou a mão de Dulce no seu pênis, que ele havia tirado para fora da calça, e fez com que ela o masturbasse.

Depois disso, não trocaram uma só palavra. Saíram do cinema em silêncio. Ele entrou com ela no ônibus que a levaria para casa e continuaram calados. Saltaram e andaram alguns metros até a porta da casa de Dulce.

"Eu nunca fiz isso na minha vida", ela disse, antes de entrar.

José pegou o ônibus de volta para a cidade querendo sentir vergonha do que havia feito, mas só conseguia pensar no prazer que a mão de Dulce lhe proporcionara ao masturbá-lo.

No dia seguinte, ao ver José na porta do escritório aguardando por ela, Dulce ficou ruborizada, não respondeu ao cumprimento que José lhe fez e entrou no prédio. Durante o dia inteiro não olhou para ele, apesar de José passar à sua frente inúmeras vezes.

Então José teve uma ideia. À noite, em casa, pegou um poema de Fernando Pessoa e copiou-o à máquina, sem divisões métricas e sem as regras fixas de uma composição poética, como se fosse um trecho de prosa. O poema ficou assim:

"O amor, quando se revela, não se sabe revelar. Sabe bem olhar para ela, mas não lhe sabe falar. Quem quer dizer o que sente não sabe o que há de dizer. Fala: parece que mente, cala: parece esquecer. Ah, mas se ela adivinhasse, se pudesse ouvir o olhar, e se um olhar lhe bastasse para saber que a estão a amar! Mas quem sente muito, cala; quem quer dizer quanto sente fica sem alma nem fala, fica só, inteiramente! Mas se isto puder contar-lhe o que não lhe ouso contar, já não terei que falar-lhe porque lhe estou a falar..."

No dia seguinte, colocou um envelope com o poema na mesa de Dulce, que nem sequer tocou nele. Mas quando foi embora José notou que ela havia levado o envelope. Dois dias depois Dulce perguntou se fora José quem escrevera aquele texto e ele respondeu que pedira socorro ao Fernando Pessoa. Dulce disse que gostava muito do poeta português. José perguntou quando eles iriam ao cinema novamente, Dulce respondeu dizendo que ia pensar e José prometeu que se comportaria.

No fim deu tudo certo. Dulce e José foram juntos ao cinema muitas outras vezes. Até o dia em que ele deixou de ser office boy naquela empresa e foi trabalhar em outro lugar como auxiliar de escrita.

Em sua nova função tinha uma mesa só dele, onde organizava pastas para serem guardadas em arquivos de metal com cinco gavetas cada. Foi nesse escritório que ele conheceu Lia, uma escriturária, cujo nome era Ofélia. José supunha que Lia seria mais velha do que ele uns quatro anos, mas na verdade a diferença entre eles era de seis anos, Lia tinha vinte. Além de Lia, havia uma outra garota com quem José flertava, uma datilógrafa chamada Júlia, que tinha pernas muito bonitas e usava saias bem curtas. Um dia Júlia lhe perguntou se ele sabia por que Ofélia usava sempre calças compridas. Acrescentou que Ofélia era muito estranha, além de não ter uma saia ou um vestido sequer, não ia a festas, não tinha namorados e se alguém a chamasse de Ofélia ela fingia não ouvir, queria que a chamassem de Lia.

José e Lia, cujas mesas eram próximas, gostavam de ficar conversando quando o chefe do departamento se ausentava, um sujeito gordo que estava sempre ao telefone — depois descobriram que ele havia grampeado os telefones de todos os funcionários e ficava ouvindo as ligações. Certo dia José perguntou a Lia se o nome dela era mesmo Ofélia, como a Júlia havia afirmado. Ofélia confirmou e disse que Júlia não gostava dela, achava que Ofélia queria namorá-lo, e quando José perguntou se ela queria, Ofélia respondeu que sim.

Odiava o nome Ofélia, os pais dela não sabiam as desgraças que haviam acontecido com a Ofélia do *Hamlet*. Não tinha irmãos, era órfã de pai e morava com a mãe num sobrado na rua Senador Dantas, próximo da casa de José. Foram ao cinema, mas Lia não permitiu que José tocasse nela, ou melhor, deixou apenas que ele acariciasse seus pequenos seios.

Lia era mais alta do que José, na verdade bem mais alta, quase dez centímetros, mas nem ele nem ela dava importância a isso, eles se amavam. Os dois gostavam de ler, e Lia, além disso, gostava de cozinhar. "Um dia ainda vou cozinhar para você", ela dizia, "duvido que conheça uma cozinheira melhor do que eu". José pensou que, por melhor que fosse, Lia perdia facilmente para a mãe dele, aquela sim, a melhor cozinheira do mundo.

Foi numa sexta-feira. Lia se aproximou de José e disse que a sua mãe ia viajar e ela ficaria sozinha em casa a semana inteira e queria convidar José para almoçar na sua casa no domingo. José disse que iria e quando Lia lhe perguntou do que ele gostava respondeu que de tudo, menos de cebola.

No domingo José chegou à casa de Lia ao meio-dia, conforme ela marcara. Ela, como sempre, estava de calças compridas e depois de lhe dar um beijo pediu a José que ficasse lendo enquanto esperava. Lia apontou uma das estantes onde só havia livros de poesia. José não se lembra mais qual foi o livro que pegou, nem mesmo o que comeu, os acontecimentos que se seguiram obliteraram tudo o que ocorreu antes.

Quando acabaram de almoçar os dois sentaram-se num sofá e José, que sentia um grande desejo por Lia, abraçou-a, beijando-a. "Vamos para o quarto", ele disse, e ela respondeu que tinha medo. Ele perguntou se ela era virgem e Lia respondeu que sim, mas aquela não era a razão do seu medo, ela queria perder a virgindade, sonhava com isso, era o seu mais ardente desejo, mas tinha medo da reação dele, quando fossem para a cama. José a dissuadiu colocando a sua mão sobre o seu pênis, que estava mais duro do que uma pedra.

Ela se dirigiu para o quarto dizendo que o chamaria quando estivesse pronta. Depois de um tempo, que para José pareceu infindável, ela o chamou.

Lia estava sob o lençol, apenas a sua cabeça aparecendo. Pediu que José se desnudasse e entrasse debaixo do lençol com ela. Mesmo coberta pelo lençol José percebeu que uma das suas pernas era mais fina do que a outra.

Enquanto a beijava na boca e nos seios e ao sentir que a sua vagina estava bastante umedecida, começou a introdução lenta do pênis. Percebeu logo que ela era virgem. Perguntou se estava doendo, Lia respondeu com a voz embargada, sem fôlego, "não para, não para". Depois de copularem por algum tempo, José atingiu o orgasmo e percebeu que o lençol que ainda cobria o corpo de Lia estava úmido de sangue. Ele retirou-o e então notou, além da enorme quantidade de sangue, que Lia tinha uma perna, a direita, muito mais fina do que a outra.

Ela começou a chorar, pedindo desculpas por tê-lo enganado, que devia ter dito que era aleijada, que tivera poliomielite (naquela época Sabin ainda não tinha inventado a sua vacina), que José agora ia ter nojo dela — e, arrancando o lençol cheio de sangue das mãos dele, cobriu-se novamente, agora até mesmo a cabeça.

José ficou calado, sem saber o que dizer. Depois deitou ao lado dela e, descobrindo o seu rosto, disse, beijando-a, que não estava sentindo nenhum nojo, que continuava desejando-a da mesma maneira — e tirou-a da cama, levou-a ao banheiro e deu banho nela. Quando ensaboou a perna fina sentiu a rótula, os ossos, a articulação do fêmur com a tíbia e o perônio.

Depois carregou-a no colo de volta para a cama. Lia substituiu os lençóis e eles fizeram amor novamente.

Em seguida ela abraçou-o, colocando o braço direito sobre o peito de José e a perna fina sobre as coxas dele. Lia dormiu abraçada com José um sono tranquilo, suave, José mal ouvia a sua respiração. Então lembrou--se de um poema de Walt Whitman que decorara em inglês, que então já lia com fluência: "Sex contains all, bodies, souls, meanings, proofs, purities, delicacies, results, promulgations, songs, commands, health, pride, the maternal mystery, the seminal milk; all hopes, benefactions, bestowals, all the passions, loves, beauties, delights of the earth, all the governments, judges, gods, follow'd persons of the earth, these are contain'd in sex, as parts of itself, and justifications of itself."

José, depois de contemplar o rosto tranquilo de Lia dormindo, voltou a fazer sexo com ela. O sexo contém corpo e alma e significados e purezas e caridade e amor, Whitman tem razão.

No entanto, para os religiosos ortodoxos, como disse alguém, "o campo mais propício para as artimanhas de Satanás é o sexo". A história está cheia de exemplos estapafúrdios, mas é pior do que isso, exemplos horrendos dos perigos do fanatismo religioso em relação ao sexo. Durante a Inquisição, as universidades de medicina somente permitiam que os estudantes operassem em manequins cujas partes sexuais eram omitidas. Esses tabus religiosos não estão confinados apenas à estupidez católica, são encontrados em todos os livros sagrados, sejam cristãos, hindus, budistas, semitas, maometanos, não importa.

14

José passou no vestibular para a faculdade de direito — na verdade ele gostaria de estudar medicina, mas, como tinha que trabalhar e não havia curso de medicina noturno, ele fez vestibular para uma faculdade de direito que tinha turno da noite e, ao mesmo tempo era pública, pois ele não tinha dinheiro para pagar um curso na PUC, por exemplo.

Durante a faculdade ele trabalhava o dia inteiro como auxiliar de escrita, uma função inferior à de escriturário. Certa ocasião lhe disseram que ele deveria se inscrever na 1ª Circunscrição Militar, para o caso de ser convocado, pois não era natural do Rio de Janeiro.

Na 1ª Circunscrição Militar, quando José declarou a data e o local de nascimento, o sargento que o atendia levantou-se da mesa onde estava, pedindo-lhe que esperasse. Pouco depois voltou dizendo que tinha uma má notícia. A data de convocação para o serviço militar em Minas ocorrera há dois meses, e ele, José, fora convocado e como não se apresentara fora classificado como insubmisso. Conforme o Código de Processo Penal Militar, artigo 463, estava consumado o crime de insubmissão, o qual deveria ter a sua lavratura realizada pelo comandante, ou autoridade correspondente, da unidade para a qual fora designado o insubmisso, no caso José, de maneira circunstanciada, com indicação de nome, filiação, naturalidade e classe a que pertencia o insubmisso e a data em que este deveria apresentar-se, sendo o termo assinado pelo referido comandante, ou autoridade correspondente, e por duas testemunhas idôneas, podendo ser impresso ou datilografado. Depois dessa ladainha o sargento deu voz de prisão a José dizendo que ele seria conduzido para Minas, para os devidos fins legais estipulados no Código de Processo Penal Militar. Naquela época, pouco depois do fim da guerra, os procedimentos militares eram muito estritos.

José pediu licença para ligar para casa, disse para sua mãe que iria a Minas resolver um problema, num carro da Circunscrição Militar, e depois se comunicaria com ela novamente. A mãe ficou preocupada com a alimentação de José, mas ele disse que haviam servido um lauto almoço e que estavam cuidando muito bem dele. Tudo mentira.

A viagem para Minas em um veículo militar foi rápida. Logo ao chegar ele foi encaminhado ao Regimento onde serviria, deram-lhe um uniforme de praça e o colocaram numa prisão.

Não demorou muito para aparecer um capitão do Exército que lhe disse:

"Meu filho, serei o seu advogado de defesa no processo de insubmissão a que você será submetido. Mas não se preocupe, no seu caso não há 'dolo', você mesmo se apresentou e a sua absolvição não será problema."

Aquele *dolo* deixou José preocupado. Como estudante de direito sabia que a pronúncia correta da palavra *dolo* — "a intenção consciente de cometer ou assumir o risco de ato criminoso" — era com "o" aberto. Aquele seu defensor não inspirava confiança.

Enquanto aguardava o seu julgamento José dormia na cadeia, sendo solto durante o dia para fazer serviços de limpeza, que incluíam limpar as fossas imundas onde os soldados defecavam. Um dia ele estava andando no quartel carregando debaixo do braço um exemplar que levava com ele quando fora preso, *Os dez dias que abalaram o mundo*, de John Reed, um livro que relata os primeiros dias da revolução comunista de outubro, na Rússia, quando o sargenteante passou perto dele. Sargenteante, era assim que era conhecido o primeiro-sargento que desempenhava inúmeras funções administrativas no Regimento, uma espécie de chefão; os oficiais superiores, inclusive o comandante do Regimento, assinavam ordens e papéis que ele preparava.

José, que sabia quem ele era, ficou em posição de sentido, aguardando possíveis ordens.

"Você está lendo esse livro?", o sargenteante perguntou.

"Sim, senhor. Estou terminando."

"Está gostando?"

"Acho que esse livro devia ser leitura obrigatória nos colégios. E nos quartéis também, por que não?"

"Nos quartéis?"

"Desculpe, senhor, mas acho um absurdo este quartel não ter uma biblioteca. E disseram-me que nenhum tem."

"Você já leu o Karl Marx?"

"Claro, e o Engels. Sou estudante de direito."

Contei para ele o meu problema.

"Gostaria de ler esse livro", ele disse.

"Eu termino hoje e levo para o senhor na Casa das Ordens."

José levou o livro na Casa das Ordens para o sargenteante e, quando estava lá, pediu-lhe que o deixasse usar uma das máquinas de escrever. Explicou que era para dar informações ao seu defensor no processo a que estava submetido. Autorizado, sentou em frente a uma das máquinas e escreveu a sua defesa. Bastava o capitão ler aquele texto para que ele fosse absolvido.

Foi o que ocorreu. O capitão leu o texto escrito por José, que foi absolvido por unanimidade do crime de insubmissão, que naquela época era considerado grave.

Assim que foi integrado à tropa o sargenteante o transferiu para a Casa das Ordens e o nomeou estafeta montado. Isso não existe há muitos anos nas unidades militares, mas o certo é que essa era a sua função e ele nada fazia.

Num dia nublado José foi visitar a casa onde passara a sua infância. A casa continuava bela e imponente. Começou a cair uma chuva fininha e José ficou contemplando a casa sem sentir nostalgia ou melancolia ou ter qualquer tipo de lembrança. Lembrou-se de um provérbio conhecido, "águas passadas não movem moinhos".

José precisava voltar para o Rio, arranjar uma transferência para qualquer unidade. Tentou o CPOR — Centro de Preparação de Oficiais da Reserva —, mas seu requerimento foi indeferido; insubmisso, mesmo absolvido, não podia ser oficial da reserva do Exército. Ele queria apenas voltar para o Rio, para qualquer lugar, como praça mesmo. Escreveu para uma porção de gente pedindo ajuda e não se lembra mais quem conseguiu a sua transferência para uma unidade de saúde, no Rio, onde passou a integrar o corpo de soldados que guarneciam o prédio, um imenso laboratório. No batalhão eram realizados exames de várias naturezas, inclusive em cavalos do Exército. Os seus horários de plantão lhe permitiam voltar a frequentar a faculdade.

Uma aliada do esquecimento, isso é a memória. José não lembra em que regimento serviu, nem a unidade sanitária. Lembra que um dia o tenente médico perguntou se alguém sabia escrever à máquina e José disse que sabia. Então passou a preencher fichas, recorda-se de uma delas, que dizia "não foram encontrados bacilos álcool-acidorresistentes". Tuberculose? Em cavalos? Que exame era aquele? Também não lembra.

Um dia o tenente médico o chamou e disse que ia matriculá-lo na escola de cabos do Exército. "Você é um garoto inteligente, não vai demorar para ser promovido a terceiro-sargento." José agradeceu e disse ao tenente que era estudante de direito. O tenente respondeu que como estudante ele tinha que ir para o

CPOR. José argumentou que sua transferência fora negada e que ele estava servindo há cerca de 11 meses e logo daria baixa, não queria servir mais dois anos, prazo de duração dos cursos do CPOR.

O tenente disse que sentia muito, mas que ia pedir a transferência de José ex officio.

Na semana seguinte José teve que se apresentar ao CPOR. Os alunos ainda não incorporados estavam reunidos num grupo, todos à paisana. José, com seu uniforme verde e o gorro de dois bicos de soldado raso na cabeça, chamava a atenção dos outros.

No CPOR ele foi para a Cavalaria. Logo no primeiro dia os membros do esquadrão pegaram os freios, bridões e selas, colocaram sob o braço direito e foram marchando até o 1º Regimento de Cavalaria de Guardas que ficava cerca de dois quilômetros distante do CPOR. Chegando lá os alunos foram encaminhados às baias, selaram os cavalos, e o comandante que se chamava capitão Mário, mas tinha o apelido de Mário Boca Mole, pôs os alunos para trotar sem estribos durante três horas seguidas. Depois foram colocados em forma no pátio do Regimento. José sentiu que sangrava na bunda. Notou que o uniforme do aluno à sua frente também tinha marcas de sangue na calça.

Quando estavam todos em forma o capitão Mário Boca Mole fez o seu discurso, aos gritos:

"Cavalaria é arma de macho. Quem não tiver colhão ainda está em tempo de ser transferido para a Infantaria. Aqueles que estiverem encagaçados e quiserem ir para a Infantaria devem dar um passo à frente."

Três alunos se adiantaram, sujeitos que José considerou corajosos, com caráter para fazer o que muitos tinham vontade mas não se atreviam, coragem para enfrentar a ira do capitão, coragem de passar por covardes. Amedrontados eram aqueles que com a bunda sangrando não tinham tutano para dizer "para mim basta".

15

Quando voltou a frequentar a faculdade as matérias preferidas de José eram direito criminal e medicina legal.

Ele tinha um professor de medicina legal, professor Neto, que sentia um prazer especial em dar aulas de autópsia. Eram realizadas no Instituto Médico Legal. Neto primeiro pedia que José olhasse bem o cadáver, antes que lhe "revelasse os seus mistérios".

Na mais recente autópsia Neto fez uma incisão larga e profunda, em forma de "y", de ombro a ombro, passando pelo osso esterno e indo até o osso púbis. Em seguida, Neto procedeu à retirada dos órgãos das cavidades, do pescoço e do retroperitônio, para, disse ele, "avaliações macro e microscópicas".

Após examinar os órgãos, Neto pesou-os. (José em algum lugar escreveu sobre um coração que pesava 225 gramas, tirado da caixa torácica de uma mulher.) Depois de abrir o estômago e pesar o seu conteúdo, Neto disse, "ele comeu feijão com farofa no almoço", e José teve a impressão de que Neto provou um fragmento desse conteúdo.

Mas o exame que mais interessava a José era o do crânio. Neto fez uma incisão com o bisturi, que começou atrás de uma orelha e foi cortando pela testa numa volta até a outra orelha. Então, num puxão que fez um ruído estalante, Neto descolou o couro cabeludo do crânio que surgiu liso, como um ovo de um estranho animal. Então Neto, com uma serra elétrica especial, seccionou uma espécie de tampa do crânio e cuidadosamente cortou a conexão do cérebro com a medula espinhal, depois dividiu o cerebelo, e o cérebro foi retirado de dentro da caixa craniana.

Olhando para a massa encefálica na sua mão, Neto, apontando com a outra para o corpo sobre a mesa com os seus órgãos sangrentos aparecendo, perguntou, "isso tudo é suficiente para explicar a mente?". Ele então começou a recitar uma ladainha cartesiana, com cogito ergo sum e tudo o mais.

Para José era tudo uma coisa só, não havia essa entidade chamada alma com uma existência além da matéria. Sendo agnóstico, ele não se interessava por provar o que não podia ser provado, e provavelmente a alma estava incluída nessa categoria. Assim, ouviu o que Neto dizia sem contestá-lo.

17

Cansado de ficar recordando, José quer parar um pouco e depois, mais tarde, bem mais tarde, voltar a recapitular as coisas que aconteceram em sua vida. Mas quer lembrar um episódio que se esqueceu de relatar.

José ainda possuía a sua velha máquina de escrever Underwood. Quando ficaram na miséria e venderam todos os bens da família, com exceção do relógio de ouro do pai, ninguém quis comprar aquela máquina velha, barulhenta e sem acentos gramaticais. Então, sempre que podia, José escrevia na máquina. Escrevia contos, que ia arquivando em uma pasta de papelão cinzento. Trabalhava em suas histórias sempre que tinha algum tempo disponível. Ele lembrava-se de que sempre gostara de escrever à máquina, na verdade escrevia muito mal à mão. José sempre se perguntava: o que era preciso para que uma pessoa se tornasse um escritor? Ele tinha algumas certezas. A primeira, óbvia: era necessário gostar de ler, aprende-se a escrever lendo. O único escritor analfabeto tinha sido Catarina de Siena, que viveu no século XIV em Roma. Mas ela era uma santa e isso podia ser considerado um milagre.

Ele achava impossível alguém produzir um livro "ditando". O livro tinha que ser escrito, de preferência ser digitado numa máquina, mas também aceitava os que eram escritos à mão. Havia exceções que o deixavam perplexo, como Milton, cego, ditando a obra-prima *Paraíso perdido*.

O caso do Dostoiévski ditando *O jogador* não tinha a mesma importância. A história do russo era conhecida. Ele jogara e perdera no cassino de Wiesbaden uma grande quantia que o seu editor Stellowski lhe adiantara, assinando um contrato que estipulava, numa cláusula que hoje seria considerada leonina, que se Dostoiévski não entregasse uma nova obra dentro de um determinado prazo ele perderia, para Stellowski, os direitos de todos os livros que publicara até então. Era o ano de 1866, faltava um mês para terminar o prazo e Dostoiévski, arruinado pelo jogo, perseguido pelos credores, confessou ao seu amigo Alexander Herzen que estava desesperado com a sua situação. Herzen então lhe fez a seguinte proposta: ele e um grupo de amigos escreveriam algumas dezenas de páginas cada um sobre um tema a ser escolhido e Dostoiévski apresentaria o livro para a editora. Isso foi combinado, mas no dia seguinte Dostoiévski procurou Herzen e disse que não podia levar adiante uma ação fraudulenta como aquela. Então Herzen disse que existia um processo de escrita rápida por meio de sinais, pouco conhecido mas antigo, denominado taquigrafia, e que havia uma pessoa, de nome Anna Grigorievna Snitkina que sabia usar aquela arte. Dostoiévski aceitou a situação e ditou *O jogador* em menos de um mês, dentro do prazo estipulado com Stellowski. É um romance autobiográfico, o que certamente facilitou o trabalho do autor. Dostoiévski casou-se com Anna Grigorievna e viveram felizes por muitos anos, mas ele jamais ditou outro livro para ela.

E isso seria suficiente para a pessoa se tornar um escritor? Gostar de ler e de digitar palavras? José sabia que o mais importante requisito era "motivação", essa energia psicológica, essa tensão que põe em movimento o organismo humano, determinando um certo comportamento. José sabia que se o aspirante a escritor não tiver uma motivação forte escreverá quando muito alguns poemas de dor de cotovelo, alguns contos, talvez mesmo um romance, mas logo desistirá. José estava certo de que na realidade a motivação de cada escritor está essencialmente ligada à sua vida, sua experiência, desejos, ambições, sonhos, pesadelos.

Não interessa o tipo de motivação, apenas tem que ser suficientemente forte.

José estava motivado, mas sabia que necessitava de outros requisitos, um deles "paciência", não a resignação conformista, mas a capacidade de perseverar, de enfrentar com autocontrole as dificuldades que surgiriam durante o processo, a paciência para controlar a sua pressa sem deixar de tê-la, o que pode ser simbolizado pela frase favorita do imperador Augusto, segundo o historiador clássico Suetônio: Festina lente. "Apressa-te devagar", o que parece um paradoxo, mas não é. O filósofo Edmund Burke disse: "Nossa paciência conseguirá mais do que nossa força." Mas José sabia que além de tudo isso precisava ter imaginação. Ele podia usar a realidade, como Balzac, Zola e outros, mas sabia que sem imaginação não conseguiria escrever um bom texto de ficção. Sem imaginação não existia literatura e ele lembrava-se de uma frase de Burckhardt, "a imaginação era mãe da ficção, a mãe da poesia e até mesmo a mãe da História".

Além de tudo isso, José sabia que precisava ter coragem de dizer o que era proibido de ser dito, coragem de dizer o que ninguém queria ouvir. Ele já falou sobre isso inúmeras vezes. E naquele dia em que compulsou a volumosa pasta cinzenta onde estavam os seus contos, essas considerações vieram à sua mente. Agora, tinha que arranjar um editor. Na Biblioteca Nacional, que ele frequentava constantemente, alguém lhe disse que na rua das Marrecas, no centro, havia uma pequena editora que só publicava livros de autores nacionais. A rua das Marrecas (que depois passou a se chamar rua Juan Pablo Duarte, e mais tarde voltou a se denominar rua das Marrecas) ficava próximo da casa dele.

A editora estava localizada no primeiro andar de um sobrado velho, com escada de madeira. Era uma sala cheia de estantes atulhadas de pastas de papelão e livros. O editor era um velho, cujo nome José não lembra. Ele lhe disse para deixar o livro e voltar dentro de 15 dias.

"Você fez cópias, certamente."

"Não, não fiz."

"Por quê?"

José sentiu vergonha de dizer que não tinha dinheiro para comprar papel-carbono.

"Esqueci."

"Não faça mais isso, ouviu? Mas não se preocupe, daqui nunca sumiu um original."

José suspeita que talvez já tenha contado essa história, mas se o fez não sabe quando, nem onde. Mas, com certeza, agora irá relatá-la de maneira diferente.

Quinze dias depois José voltou ao sobrado da rua das Marrecas. O velho o recebeu cordialmente e mandou a sua auxiliar procurar o seu livro. Após o que lhe pareceu um longo tempo ela voltou e sussurrou algo ao ouvido do velho. José percebeu que ele ficou perturbado com a informação.

"A menina não achou o seu livro. Como lhe disse antes, um original nunca sumiu deste escritório. Vamos achá-lo. O seu livro está numa pasta cinza, onde está escrito apenas a palavra Contos e o seu nome, não é?"

José confirmou.

"Eu li o livro. Todos os contos. O seu livro não tem uma história em que um personagem", o velho baixou o tom da voz, "em que um personagem diz ao outro", o som da sua voz ficou ainda mais baixo, "vai para a puta que o pariu?".

"Não sei. Sim, acho que sim..."

"Quais são os seus contistas preferidos, meu filho?"

"Tchekhov, Maupassant, Machado de Assis..."

"E você já leu em algum deles um personagem dizer a outro", o velho diminuiu tanto o tom da sua voz que mal se ouvia o que ele dizia, "vá para a puta que o pariu?"

"Não, senhor."

"Meu filho, escrever é uma dádiva. A literatura deve ser algo edificante, ela tem como objetivo o aperfeiçoamento das faculdades intelectuais e principalmente morais do ser humano. Como disse Horácio a literatura deve ser dulce et utile. E tem mais, você começou mal, usando esse palavreado chulo e, ainda como disse Horácio, quem começa mal acaba mal. Sinto muito, mas não vou publicar o seu livro. Vá para casa e pense no que eu lhe disse. Volte daqui a uma semana, que vou lhe devolver seus originais."

José teve vontade de dizer ao velho editor que não estavam no século XIX, quando um conto de Tchekhov ("Uma crise") que descreve a ida de Meyer, um jovem estudante de medicina, a vários prostíbulos, dos quais ele se retira chocado, causou, por se referir a lupanares e prostitutas, indignação a inúmeros leitores ofendidos com o "cinismo do tema". E era um conto moralista.

Teve vontade de citar a única frase de Horácio que sabia de cor, e na qual acredita plenamente, "stultorum infinitus est numerus", "o número de tolos é infinito", e dizer que o velho era um deles. Mas ele simpatizava com aquele editor, que publicava autores nacionais e, certamente por isso, estava na miséria.

Esperou uma semana e voltou à rua das Marrecas. Ao vê-lo, o velho editor teve um choque, encolheu-se constrangido na cadeira e com voz trêmula disse, "não achamos o seu livro, não sei como foi acontecer essa desgraça".

O velho estava tão triste e infeliz, à beira de uma crise de choro ou um ataque cardíaco, que José colocou amistosamente a mão no seu ombro dizendo-lhe, carinhosamente, que não se preocupasse, que ele escreveria outro livro.

José demorou mais de vinte anos para fazer isso.

17

A condição econômica da família melhorou e eles foram morar num prédio modesto, na rua Buarque de Macedo, no Flamengo. O aterro do Flamengo ainda não fora construído e toda a orla, com exceção da praia, era circundada por grandes pedras que serviam como quebra-mar. Ao longo da praia uma mureta de pedra lavrada separava a calçada do quebra-mar, que ficava mais baixo. As ressacas eram raras, mas quando ocorriam as ondas chegavam a molhar a rua. José, que devia ter 15 ou 16 anos nessa época, gostava das ressacas, pois ela criava boas ondas para pegar jacaré. O jacaré era uma forma de deslizar nas ondas usando o próprio peito como se fosse uma prancha de surf, algo emocionante para José nos dias de ressaca, não obstante ele sofresse arranhões, hematomas e lesões quando as ondas "encaixotavam", fechando-se numa espécie de arco.

O mar lhe propiciava ainda um prazer maior, que era nadar. A água do mar é mais pesada do que a água doce, é mais fácil nadar no mar do que numa piscina, o nadador flutua melhor. José costumava nadar da praia do Flamengo até a praia da Urca; demorava algum tempo e José, que nadava muito bem, dizia que o medo dele era dormir no meio da travessia entre as duas praias. `

O sábado e o domingo, dias em que não trabalhava, ele passava no mar. Às vezes pegava mexilhões nas pedras, para sua mãe cozinhar. Também pegava tatuís, um pequeno crustáceo branco de barriga vermelha, fazendo buracos na areia. Sua mãe fazia um arroz de tatuís delicioso.

Muitas vezes, no fim do dia, José sentava-se no paredão da praia para contemplar o mar, que sutilmente mudava de cor à medida que a tarde caía.

Uma tarde ele estava, sem camisa, sentado no paredão, quando uma jovem mulher se aproximou.

"Que marcas são essas, no seu peito e nos seus braços?", ela perguntou.

"Jacaré", ele respondeu.

"Mordida de jacaré?"

"São de pegar jacaré na onda."

"Continuo na mesma", ela disse.

José explicou o que era "pegar jacaré". A mulher era muito bonita, magra, a pele muito branca, uma aparência recatada de moça de família. Devia ser mais velha do que ele, uns três ou quatro anos.

"Meu nome é Solange."

"José."

Ficaram os dois contemplando o mar em silêncio.

"Tenho que ir", disse Solange depois de algum tempo.

José ficou olhando Solange se afastar. Ela andava da maneira que o atraía, a região glútea e os quadris praticamente imóveis, ereta, a passada nem muito curta nem muito aberta.

Eles sempre se encontravam de tarde. Quando começava a escurecer Solange dizia que tinha que ir embora.

"Você sente vontade de me beijar?", Solange perguntou um dia.

"Sinto, muita", respondeu José, depois de curta hesitação.

"Meu pessoal vai viajar amanhã, vou ficar sozinha. Você quer passar lá em casa?"

Solange morava numa das poucas casas da rua, não muito distante do prédio de José.

Marcaram quatro horas da tarde do dia seguinte. Nessa noite, José não conseguiu dormir.

Às quatro horas em ponto José tocou a campainha da porta da casa de Solange. Ela abriu sorrateiramente. José entrou.

"Não tem nem cinco minutos que a empregada foi embora. Será que ela viu você?"

"Não. Não havia ninguém perto."

Solange suspirou. "Que alívio!"

Ela vestia um short e uma blusa de seda que permitia que José percebesse o formato dos seus pequenos seios.

Solange pegou José pela mão e levou-o até um quarto.

"Pode me beijar", ela disse.

Os dois começaram a se beijar e em pouco tempo estavam deitados nus, na grande cama de casal do quarto, fazendo amor. Duas vezes Solange falou ao telefone sem que José entendesse o que ela dizia, pois a sua voz era muito baixa. Depois de um dos telefonemas Solange disse que José poderia dormir com ela. "O meu pessoal só chega amanhã à tarde."

"Minha mãe vai ficar preocupada", respondeu José.

"Mas nós vamos fazer amor mais vezes, antes de você ir embora", disse Solange levando-o de volta para a cama.

Sempre que "o pessoal da casa", como dizia Solange, viajava, José passava o dia com ela. Uma vez José viu um porta-retratos com uma foto de Solange com um homem.

"É o meu irmão", disse Solange.

José e Solange, sempre que estavam na cama, trocavam declarações de amor.

"Amanhã o meu pessoal vai viajar", disse Solange. Quando isso acontecia José passava a noite sem conseguir dormir.

No dia seguinte, bem cedo, José tocou a campainha da casa de Solange.

Quem abriu a porta foi o irmão dela.

Perturbado, durante algum tempo José ficou sem saber o que dizer. Até que afinal disse:

"Eu queria falar com o doutor Guimarães."

"Aqui não mora ninguém com esse nome", disse o irmão de Solange.

"Mas ele me deu este endereço. Doutor Elias Guimarães."

"Meu filho, aqui só moram duas pessoas: eu e a minha esposa Solange."

"Desculpe", disse José, se afastando.

Foi caminhando pela rua, sentindo-se infeliz. Solange era casada, a ideia de foder uma mulher casada lhe parecia uma indignidade. Ele amava uma mulher que não merecia ser amada, uma pessoa desprezível.

Naquela mesma tarde Solange ligou para José. Ele ficou em silêncio, só ela falou, disse que não gostava mais do marido, mas que não podia abandoná-lo, o marido sustentava não apenas ela, mas também a sua mãe doente, que o amor da sua vida era ele, José, que ela queria continuar a se encontrar com ele, que José não se preocupasse, que o marido não desconfiava de nada.

José ouviu em silêncio, sem responder.

Nunca mais esteve com ela. Evitava encontrar com Solange na rua. Ele não podia amar uma mulher que enganava o marido, uma adúltera, como diziam os livros que lia. José sofreu muito, durante um longo tempo, uma mistura de desilusão e tristeza.

Foi mais ou menos nessa época que o seu pai ficou doente.

18

Morte na família. Pai, dois irmãos, mãe, irmã de criação.

José nunca esqueceu a imagem do seu pai, na cadeira de rodas, depois de ter um derrame que o deixara incapaz de se mover. Mesmo para falar o pai tinha dificuldade. Onde estava aquele homem, que um dia se revelara para José quando criança, conversando de maneira sedutora com uma mulher na sua loja? Onde estava a rutilância dos seus olhos azuis, agora turvos e cobertos de sombra? Seu vigor físico fora substituído por uma magreza mortiça.

Certa ocasião ele pediu a José que sentasse ao seu lado.

"Meu filho", ele disse com dificuldade, "eu já lhe falei do Feitiço de Alcácer Quibir? Quem me contou foi o meu pai, que ouviu a história do pai dele, que ouviu por sua vez do seu pai, é uma história que vem sendo contada há mais de quinhentos anos. Eu fui dominado por esse Feitiço, que passa de pai para filho. E você, José, tem o Feitiço também".

Quando foi hospitalizado para morrer — seu pai, que evitava fechar os olhos porque acreditava que se fizesse isso morreria, e mantinha os olhos arregalados — os olhos do seu pai foram ficando mais azuis e voltaram a ter o fulgor antigo. Então, em certo momento, ele repetiu — com júbilo ou melancolia? — "José, você tem o Feitiço", e fechou os olhos e morreu. José já escreveu sobre isso.

José já escreveu textos de ficção sobre o chamado Feitiço de Alcácer Quibir, mas ele não acreditava em feiticeira. Ele se tornara agnóstico pouco depois que, atendendo ao desejo de sua mãe, fizera a Primeira Comunhão.

Sua mãe citava de cor a parte da Bíblia que fala em feitiçaria, no Deuteronômio 18,9-13: "Quando entrares na terra que o Senhor teu Deus te dá, não aprenderás a fazer conforme as abominações daqueles povos. Não se achará no meio de ti quem faça passar pelo fogo o seu filho ou a sua filha, nem adivinhador, nem prognosticador, nem agoureiro, nem feiticeiro, nem encantador, nem quem consulte um espírito adivinhador, nem mágico, nem quem consulte os mortos; pois todo aquele que faz estas coisas é abominável ao Senhor, e é por causa destas abominações que o Senhor teu Deus os lança fora diante de ti. Perfeito serás para com o Senhor teu Deus."

Ou seja, aqueles que estão envolvidos na feitiçaria não entrarão no reino de Deus. Então, para ela, e todos os religiosos em geral, a feitiçaria existia?

Seu pai também dizia que talvez os feiticeiros fossem parar no inferno, mas os enfeitiçados como ele, e como eu, e todos os demais da nossa família, esses jamais seriam condenados a sofrer o martírio de viver entre os demônios. O pai de José, que também era leitor da Bíblia, gostava de contar que no Êxodo está dito que o rei Saul se envolveu com a feiticeira de Endor a fim de que ela consultasse o espírito do profeta Samuel, para que ele o aconselhasse.

"Saul consultando uma feiticeira, essa é de cabo de esquadra", dizia rindo o avô de José, que também era agnóstico.

Manoel, o irmão mais velho de José, fumava dois maços de cigarros por dia. Morreu jovem, de um fulminante infarto do miocárdio. Ele era o melhor dos irmãos, o melhor dos filhos. Visitava a mãe diariamente, e quando o pai estava doente Manoel ia vê-lo pela manhã e à tarde, quando saía do seu escritório.

O outro irmão, Carlos, morreu de um câncer no pâncreas. José ia visitá-lo no hospital, tirava os sapatos, deitava-se na cama dele e dizia, "seu preguiçoso, levanta dessa cama, deixa de ser vagabundo", e coisas do gênero.

José foi convidado para ser jurado do Prêmio Literário da Casa de las Américas de Cuba no dia em que o médico que tratava de Carlos lhe disse que o estado do seu irmão era muito grave e que ele previa que a sua morte não tardaria muito. Tendo em vista o que o médico lhe dissera, José decidiu não aceitar o convite para ir a Cuba. Naquele dia, deitou na cama do hospital com o irmão e fez as brincadeiras de sempre, "seu preguiçoso" etc. Não lhe falou do convite para ir a Cuba. Carlos olhou José nos olhos e o surpreendeu dizendo: "Pode ir que eu espero você." "Ir aonde?", perguntou José. "Pode ir viajar que eu espero você voltar." José viajou, ficou em Cuba cerca de vinte dias e ao voltar foi imediatamente ao hospital visitar o irmão. José tirou os sapatos, deitou-se ao lado de Carlos e fez as brincadeiras de sempre. No dia seguinte Carlos morreu.

José viajou três vezes a Cuba. Achou o povo cubano admirável e já escreveu extensivamente sobre aquele belo país.

Com a morte de Carlos, na família restavam apenas ele e a sua mãe, além de Maria, que fora adotada ainda menina por sua mãe quando fizera uma visita a Portugal nos anos 1940. A mãe de José dirigia todos os domingos para visitá-lo. No início um Gordini, depois um Volkswagen. Fez isso até os 85 anos, quando ele então proibiu-a de dirigir, função que passou a ser executada pela Maria. A mãe de José saía diariamente para passear com Maria pela praia do Flamengo, onde elas moravam. Tinha noventa anos e andava no mínimo oito quilômetros por dia. Um dia sua mãe teve uma queda, quebrou o fêmur e passou a usar uma cadeira de rodas. Então a mãe, uma pessoa que estava sempre alegre, entrou em depressão. Disse a José que queria lhe falar uma coisa muito séria. "Eu quero morrer, eu vou morrer. Não aguento mais ficar em cadeira de rodas." Além disso ela não suportava a humilhação da retirada de fecalomas. Morreu naquele fim de semana pouco antes de completar 92 anos.

José decidiu que o apartamento da mãe devia ficar para a Mariazinha. Ela nunca tivera um namorado. Mas conheceu um rapaz, por quem se apaixonou. Eles iam se casar, mas uma semana antes do casamento Mariazinha desapareceu de casa o dia inteiro. José encontrou-a no necrotério. Ela fora atropelada ao atravessar uma transversal da praia do Flamengo. Foi enterrada no jazigo da família no cemitério São João Batista.

Foram todas perdas muito dolorosas. Mas, sobre a pior de todas, a de agonia mais longa, ele prefere não falar agora.

19

José se formou na faculdade de direito ainda muito jovem. Ele e dois colegas de turma alugaram um escritório no centro da cidade, perto do foro, na rua Erasmo Braga. Ele tomaria conta dos casos criminais e os dois outros dos casos cíveis e trabalhistas.

Para poder pagar a sua parte no rateio do aluguel da sala, José foi trabalhar como revisor no *Jornal do Brasil*. Ele entrava às oito horas e saía por volta de duas da madrugada. Depois caminhava até o Tabuleiro da

Baiana, um ponto de bonde que existia no largo da Carioca, próximo da rua Treze de Maio, e pegava um bonde para casa. Muitas vezes ele ia andando até a sua residência na Buarque de Macedo, caminhando pelo calçadão da praia, ele sempre gostou de caminhar. Está de pleno acordo com Thoreau quando este diz, em seu livro *Caminhando*, que não podia ficar no seu quarto um único dia sem criar ferrugem e confessava que se sentia atônito com o poder de resignação, para nada dizer da insensibilidade moral dos seus vizinhos que não gostavam de caminhar. José já disse alhures, quando anda resolve muitos problemas, solvitur ambulando, e realmente, quando quer criar e estimular sua imaginação ele precisa caminhar.

A maior parte dos seus clientes era de gente pobre, negros na maioria, que não tinham dinheiro para lhe pagar. E como eram muitos e enchiam a sala de espera, os colegas de José lhe pediram que os atendesse pela manhã, para que, durante a tarde, a sala de espera ficasse livre para os seus clientes classe média.

José tinha que chegar bem cedo, para atender seus clientes. Dava a alguns deles dinheiro do seu bolso. Poucos lhe pagavam alguma coisa, muitas vezes lhe levavam presentes, doces feitos pela mãe ou pela esposa, e um dia um lhe levou uma galinha embrulhada em papel de jornal. José não sabia o que fazer com aquela galinha — levá-la para casa? Desembrulhou-a e viu que as asas da ave estavam inteiras. Num momento que ele depois atribuiu ao cansaço enorme que sentia naquele dia, José soltou a galinha pela janela e ela, batendo as asas, chegou incólume à calçada da rua, onde uma senhora a recolheu.

Seus clientes eram ladrões, vigaristas de várias espécies, até mesmo estupradores, e o seu índice de absolvição era altíssimo, José fazia excelentes petições iniciais e alegações finais. Um dia foi procurado por um empregado de uma gráfica que estava sendo acusado de falsificação de moeda. Havia mais outros dois réus desse crime: o dono da gráfica e um capitão do Exército. Esses últimos tinham como advogados de defesa os dois mais famosos criminalistas da época, Romeiro Neto e Stélio Galvão Bueno. O empregado da gráfica, que não tinha dinheiro, teve que procurar um advogado iniciante, como José.

O julgamento foi, como sempre, demorado, mas apenas o cliente de José foi absolvido, conquanto na verdade fosse também culpado.

Romeiro Neto e Galvão Bueno convidaram José para almoçar. "Menino", disse um deles, "suas alegações finais foram uma obra-prima". O outro acrescentou: "Creio que dentro de vinte anos, no máximo trinta, você será considerado um dos melhores advogados criminalistas do país."

Aquela conversa, em vez de deixar José feliz, deixou-o muito deprimido. Vinte, trinta anos! Ele estaria com cinquenta, seria um ancião... Não, ele não esperaria tanto tempo.

José resolveu seguir o exemplo de Isaac Bashevis Singer, que ao escrever a sua autobiografia parou nos trinta anos. José resolveu parar um pouco mais cedo. Certamente não conseguiu escrever a história completa da sua vida nesses vinte e poucos anos. Na realidade, como diz Singer, "a história verdadeira da vida de uma pessoa jamais poderá ser escrita. Fica além do poder da literatura. A história plena de qualquer vida seria ao mesmo tempo absolutamente aborrecida e absolutamente inacreditável".

O autor

Contista, romancista, ensaísta, roteirista e "cineasta frustrado", Rubem Fonseca precisou publicar apenas dois ou três livros para ser consagrado como um dos mais originais prosadores brasileiros contemporâneos. Com suas narrativas velozes e sofisticadamente cosmopolitas, cheias de violência, erotismo, irreverência e construídas em estilo contido, elíptico, cinematográfico, reinventou entre nós uma literatura *noir* ao mesmo tempo clássica e pop, brutalista e sutil — a forma perfeita para quem escreve sobre "pessoas empilhadas na cidade enquanto os tecnocratas afiam o arame farpado".

Carioca desde os oito anos, Rubem Fonseca nasceu em Juiz de Fora, em 11 de maio de 1925. Leitor precoce porém atípico, não descobriu a literatura (ou apenas o prazer de ler) no *Sítio do Pica-pau Amarelo*, como é ou era de praxe entre nós, mas devorando autores de romances de aventura e policiais de variada categoria: de Rafael Sabatini a Edgar Allan Poe, passando por Emilio Salgari, Michel Zévaco, Ponson du Terrail, Karl May, Julio Verne e Edgar Wallace. Era ainda adolescente quando se aproximou dos primeiros clássicos (Homero, Virgílio, Dante, Shakespeare, Cervantes) e dos primeiros modernos (Dostoiévski, Maupassant, Proust). Nunca deixou de ser um leitor voraz e ecumênico, sobretudo da literatura americana, sua mais visível influência.

Por pouco não fez de tudo na vida. Foi office boy, escriturário, nadador, revisor de jornal, comissário de polícia — até que se formou em direito, virou professor da Escola Brasileira de Administração Pública da Fundação Getulio Vargas e, por fim, executivo da Light do Rio de Janeiro. Sua estreia como escritor foi no início dos anos 1960, quando as revistas *O Cruzeiro* e *Senhor* publicaram dois contos de sua autoria.

Em 1963, a primeira coletânea de contos, *Os prisioneiros*, foi imediatamente reconhecida pela crítica como a obra mais criativa da literatura brasileira em muitos anos; seguida, dois anos depois, de outra, *A coleira do cão*, a prova definitiva de que a ficção urbana encontrara seu mais audacioso e incisivo cronista. Com a terceira coletânea, *Lúcia McCartney*, tornou-se um best-seller e ganhou o maior prêmio para narrativas curtas do país.

Já era considerado o maior contista brasileiro quando, em 1973, publicou seu primeiro romance, *O caso Morel*, um dos mais vendidos daquele ano, depois traduzido para o francês e acolhido com entusiasmo pela crítica europeia. Sua carreira internacional estava apenas começando. Em 2003, ganhou o Prêmio Juan Rulfo e o Prêmio Camões, o mais importante da língua portuguesa. Com várias de suas histórias adaptadas para o cinema, o teatro e a televisão, Rubem Fonseca já publicou 13 coletâneas de contos e 12 livros, entre romances e novelas. Em 2011, publicou *Axilas e outras histórias indecorosas* e a novela *José*.

Coordenação da edição
Sérgio Augusto

Editoras responsáveis
Janaína Senna
Maria Cristina Antonio Jeronimo

Produção
Adriana Torres
Ana Carla Sousa

Produção editorial
Ângelo Lessa

Revisão
Débora Ana da Silva Jorge
Maria Clara Antonio Jeronimo

Diagramação
Filigrana

Projeto gráfico e capa
Retina 78

Este livro foi impresso em junho de 2011, pela Ediouro Gráfica, para a Editora Nova Fronteira. A fonte usada no miolo é Minion Pro 11,5/22,5. O papel do miolo é avena 80g/m^2, e o da capa é cartão 250g/m^2.
Visite nosso site: www.novafronteira.com.br